高职高专电气工程"十二五"规划系列教材

电气工程 CAD

主　编　李　莉　　施喜平
副主编　陈梦影　　高　晓
　　　　彭志斌　　向　姿

华中科技大学出版社
中国·武汉

内 容 提 要

本书是一本以 AutoCAD 2006 中文版为蓝本，面向 CAD 初学者编写的图书。

全书共分为 7 章，分别为 AutoCAD 2006 中文版的基本知识、基本图形元素的绘制、图形编辑、图形注释、图块、图纸布局与打印、电气工程图的绘制。主要介绍了 AutoCAD 在电气领域中的应用。书中结合实例详尽介绍了 AutoCAD 2006 的使用方法和技巧。

本书适合作为高职高专、中等专业学校电类专业的 CAD 教材，也可作为相关技术人员的参考书。

图书在版编目(CIP)数据

电气工程 CAD/李　莉　施喜平　主编.—武汉:华中科技大学出版社,2011.8
ISBN 978-7-5609-7238-1

Ⅰ.电…　Ⅱ.①李…　②施…　Ⅲ.电工技术-计算机辅助设计-AutoCAD 软件-高等职业教育-教材　Ⅳ.TM02-39

中国版本图书馆 CIP 数据核字(2011)第 149857 号

电气工程 CAD

李　莉　施喜平　主编

策划编辑:谢燕群
责任编辑:陈元玉
封面设计:范翠璇
责任校对:张　琳
责任监印:张正林
出版发行:华中科技大学出版社(中国·武汉)
　　　　　武昌喻家山　　邮编:430074　　电话:(027)87557437
录　排:华中科技大学惠友文印中心
印　刷:华中科技大学印刷厂
开　本:710mm×1000mm　1/16
印　张:12.25
字　数:240 千字
版　次:2011 年 8 月第 1 版第 1 次印刷
定　价:21.80 元

前　言

电气制图是电气工程技术人员必须具备的基本技能,也是高职高专电类专业的一门重要的专业基础课程。本书以训练读者的电气制图技能为目标,详细介绍了 AutoCAD 系统操作方法、电气工程涉及的常用电气元件的图形符号的详细绘制步骤及典型电气线路图的绘制方法。

本书的内容主要包括 AutoCAD 的基本知识,基本图形元素的绘制,图形编辑,图形注释,图块,图纸布局与打印和电气工程图的绘制 7 个部分。主要考虑到本书面向的是初学者,重点放在电气制图的操作技能训练上,又遵循循序渐进的原则,由基础实践技能到综合实践技能,采用由浅入深的培养方法,培养学生分析和动手操作的能力。

本书在介绍图形绘制实例时,尽可能考虑到读者是初学者这一特点,做到了步骤详尽,读者只需按照书中实例操作,即可在短时间里完成图形绘制。实际上,绘制某一图形的方法和技巧有很多种。因此,书中所讲的绘图方法和技巧只是其中之一,起到抛砖引玉的作用。

本书由李莉和施喜平主编,陈梦影、高晓、彭志斌和向耍任副主编。第 1 章和第 4 章由施喜平编写,第 2 章由高晓编写,第 3 章由李莉编写,第 5 章由彭志斌编写,第 6 章由陈梦影和向耍编写,第 7 章由李莉和高晓编写。全书由李莉策划和统稿。

由于编者水平有限,书中难免存在错误和不足之处,敬请广大读者批评指正。

作　者

2011 年 5 月

目　　录

第1章　AutoCAD 2006 中文版的基本知识

计算机辅助设计(Computer Aided Design,CAD)是指利用计算机高效的计算、图形及信息处理能力,对产品进行设计、分析、修改和优化的技术。它是一种综合性的工程技术,CAD 综合了计算机知识和相关工程技术,并且随着计算机硬件性能和软件功能的不断提高而逐渐完善。在使用 CAD 绘图之前,一定要先理解一些基本的 CAD 操作概念。这些 CAD 基本操作概念中,有一些是 CAD 特有的,有一些则是图形学的基本概念。CAD 本身只是一个工具,只是将以前用手工绘图的过程转移到计算机里完成。因此,在使用 CAD 之前,要具备基本的工程制图知识。

1.1　AutoCAD 2006 中文版的基本功能

AutoCAD 2006 是通用的计算机辅助设计软件包,它具有易于掌握、使用方便、体系结构开放等特点;具有强大的二维平面和三维立体图形的绘制功能;能用来进行图形尺寸的标注,立体图形的渲染;能打印输出各类工程图纸,还能与其他软件交互使用,广泛应用于机械、建筑、电力、电子、能源、航天、制造、石油化工、冶金、地质、气象、轻工、商业等领域。它大大降低了工程设计人员的劳动强度,是工程设计人员必备的工具软件。

1.1.1　绘制图形

绘制图形是 AutoCAD 2006 最基本的功能,用户可以使用"绘图"和"修改"等工具绘制三类工程图,即二维平面图、三维立体图和轴测图。

1. 绘制二维平面图

AutoCAD 2006 提供了三种绘制二维平面图形的方法,即使用绘图工具条上的绘图工具按钮,使用绘图工具菜单上的各种绘图命令和在命令行窗口中输入绘图命令这三种方法。用户使用各种绘图命令可以绘制直线、圆、多边形等基本图形,也可以绘制各种复杂平面图形,同时还可利用"修改"工具条中的各种修改工具对平面图形进行编辑和修改,图 1-1 所示的为使用 AutoCAD 2006 绘制的二维平面图形。

发电机型号: **SF800-32-2840**
电压: 6.3kV
电流: 91.6A
功率因素: 0.8
励磁电压; 87V
励磁电流: 235A

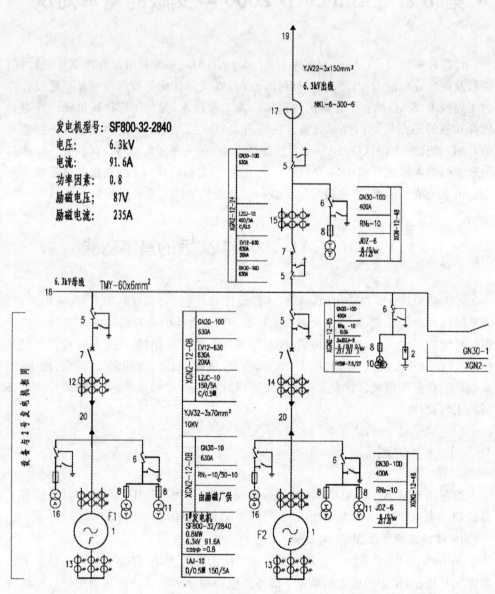

图 1-1　使用 AutoCAD 2006

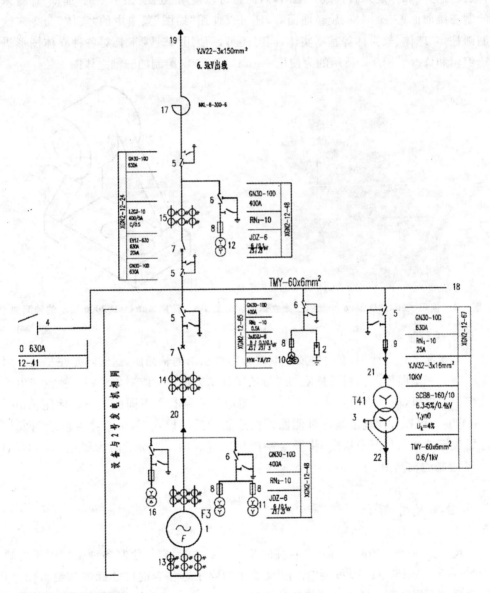

绘制的二维平面图形

2. 绘制三维立体图

利用 AutoCAD 2006 的三维绘图功能,用户不仅可以将一些平面图形通过拉伸、设置标高和厚度来转换成三维图形,而且可以使用"绘图"菜单中的"曲面"命令来绘制三维曲面、三维网格、旋转曲面等,还可以使用"绘图"菜单中的"实体"命令来绘制圆柱体、球体、长方体等基本实体,同时还可以使用"修改"工具对各种立体图形进行编辑和修改。图 1-2 所示的为使用 AutoCAD 2006 绘制的三维立体图。

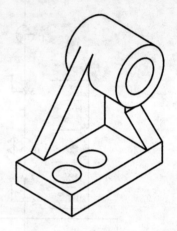

图 1-2　使用 AutoCAD 2006 绘制的三维立体图　　图 1-3　使用 AutoCAD 2006 绘制的轴测图

3. 绘制轴测图

在实际工程设计中,有时需要绘制看似三维图形的轴测图,这实际是在二维平面上绘制的三维图形。轴测图是使用二维绘图技术来模拟三维对象沿特定视点产生的三维投影效果,但在绘制方法上又与二维图形的绘制有所不同的图形。使用 Auto-CAD 2006 可以方便地绘制出轴测图。在绘制轴测图模式下,可以将直线绘制成与原始坐标成 30°、150°等角度,将圆绘制成椭圆等。图 1-3 所示的为使用 AutoCAD 2006 绘制的轴测图。

1.1.2　尺寸标注

尺寸标注是 AutoCAD 2006 软件的又一重要功能,它是绘制各种工程图不可缺少的一步。AutoCAD 2006 的"标注"菜单中包含了一整套的尺寸标注和编辑命令,用户可以根据需要在图形上创建各种类型的标注,也可以方便、快捷地以一定的格式创建符合行业标准的标注。图 1-4 所示的为一完成标注的平面图形。

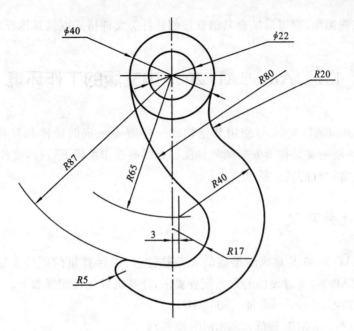

图 1-4 使用 AutoCAD 2006 标注的平面图形

1.1.3 立体图形的渲染

在 AutoCAD 2006 中，用户可以运用光源、材质等工具将已经建立起来的立体模型渲染为具有真实感的图像，这些立体图像还可以导入 3D MAX 环境进行进一步处理，得到更为逼真的立体效果。如果渲染只是为了演示，则可以全部渲染对象；如果时间有限，或者显示器和图形设备不能提供足够的灰度等级和颜色，就不必精细渲染；如果只需快速查看设计的整体效果，则可以简单消隐或着色图像。图 1-5 所示的为经过照片级光线跟踪渲染的三维立体效果。

图 1-5 使用 AutoCAD 2006 渲染的立体图形

1.1.4 图形的打印或输出

AutoCAD 2006 具有打印或输出图形的功能，可以通过打印机或绘图仪输出各种幅面的工程图纸,也可以结合其他软件创建各类文件格式以供其他程序使用。

1.2 AutoCAD 2006 中文版的工作环境

使用 AutoCAD 2006 与使用其他软件一样需要一定的硬件和软件环境支持。其中,软件环境主要是指所安装的软件能够在哪些操作系统下运行,硬件环境则是指软件得以正常运行的物质基础。

1.2.1 硬件环境

AutoCAD 2006 是集成度很高的大型软件包,对计算机的硬件系统要求较高。按照 AutoCAD 2006 对硬件的最低配置要求,计算机的硬件配置如下。

(1) 处理器:Pentium ® Ⅲ 500 MHz。

(2) 内存:256 MB(最低),512 MB(推荐)。

(3) 显卡:1024×768 VGA,真彩色。

(4) 硬盘:600 MB。

(5) CD-ROM:任意速度(仅限于软件的安装)。

(6) 输入设备:键盘、鼠标、扫描仪等。

(7) 输出设备:17 in(1 in=25.4 mm)彩色显示器、打印机、绘图仪等。

(8) 可选硬件:Open GL 兼容的三维视频卡。

为了提高软件的运行速度,保证工作效率,在实际应用中可选择更高的硬件设备。目前市场上主流硬件配置的计算机,完全能满足 AutoCAD 2006 软件对硬件配置的要求。

1.2.2 软件环境

AutoCAD 2006 软件可运行的最低操作系统版本和内存为 Microsoft® Windows® XP(Professional 或 Home Edition,SP1 或更高版本)或 Windows 2000(SP2 或更高版本)和 256 MB RAM。为了能较好地运行 AutoCAD 2006,最好使用与 AutoCAD 2006 具有相同语言版本的操作系统。例如,AutoCAD 2006 中文版必须安装在中文版的操作系统上。

为了保证软件的正常运行和维护用户及 Autodesk 公司的合法利益,请到美国

Autodesk 公司授权的指定经销商处购买正版的 AutoCAD 2006 中文版软件,并能获得满意的售后服务及更新的软件信息。

1.2.3　学习 AutoCAD 2006 所应具备的基础知识

AutoCAD 2006 是一种综合性软件包,用户要灵活地使用它就必须具备相应的基础知识。首先,用户要能较熟练地使用 Windows 操作系统,并具备一定的网络知识。其次,用户要掌握工程图的相关知识,并能使用打印机、绘图仪、扫描仪等相关设备。

学习 AutoCAD 2006 软件是一个理论联系实际的过程,用户在学习时,除了要掌握一些基本的绘图方法外,还应结合工程设计实际进行大量的练习。

1.3　启动、退出 AutoCAD 2006 中文版

1.3.1　AutoCAD 2006 的启动

软件安装完成以后,系统将在桌面上产生一个快捷图标,并在"开始"菜单的"程序"菜单中创建一个 AutoCAD 2006 中文版程序组。AutoCAD 2006 中文版的启动主要有两种方法,一种是双击桌面上的 AutoCAD 2006 快捷图标,另一种是单击"开始"菜单程序组中的 AutoCAD 2006 程序项。启动 AutoCAD 2006 中文版后,工作界面如图 1-6 所示。

1.3.2　AutoCAD 2006 的退出

退出 AutoCAD 2006 中文版的绘图环境有多种方法,与其他应用程序的退出方法基本相同。如果在退出之前对图形进行了修改,程序会提醒是否保存。可以采用以下几种方法来退出 AutoCAD 2006 中文版的绘图环境。

(1) 选择"文件"菜单中的"退出"命令。

(2) 按"Ctrl+Q"键。

(3) 按"Alt+F4"键。

(4) 单击工作界面右上角的"关闭"按钮。

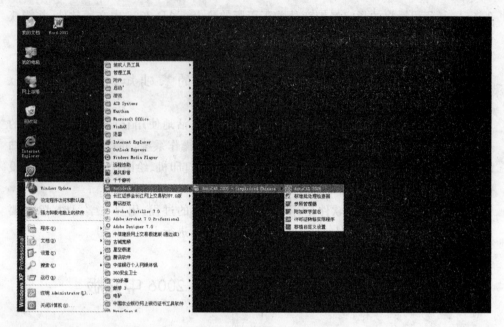

图 1-6　AutoCAD 2006 中文版的启动

1.4　AutoCAD 2006 中文版的工作界面

启动 AutoCAD 2006 后,程序进入 AutoCAD 2006 中文版的绘图工作界面。与大多数 Windows 应用程序的工作界面相似,AutoCAD 2006 的工作界面主要包括标题栏、菜单栏、标准工具栏、图层工具栏、绘图工具栏、修改工具栏等,如图 1-7 所示。这是 AutoCAD 的标准工作界面,用户可以根据自己的需要添加或删除工具栏,还可以通过 Windows 操作对界面进行个性化的修改。

1.4.1　标题栏

标题栏位于工作界面的最上面,这一栏主要用来显示当前正在运行的程序名称及通过该程序打开的文件的名称和地址等信息。如果是 AutoCAD 2006 默认的图形文件类型,则其名称是 DrawingX.dwg（其中 X 为数字）,如 AutoCAD 2006 - [Drawing1.dwg]。如果当前程序窗口未处于最大化或最小

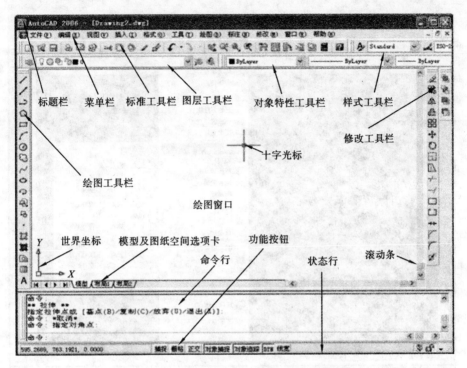

图 1-7　AutoCAD 2006 中文版的绘图工作界面

化状态,那么可以单击标题栏右端的 中的一个按钮来最大化或最小化或关闭程序窗口。标题栏最左边的是软件的小图标( ),单击它将会弹出一个控制窗口大小的下拉菜单,可以实现最大化、最小化、恢复窗口、移动窗口或关闭窗口等功能。

1.4.2　菜单栏

　　AutoCAD 2006 中文版的菜单栏由"文件"、"编辑"、"视图"等 11 个菜单组成,它包括 AutoCAD 2006 所有的功能和命令,可以用来完成各种功能操作及设置。单击菜单栏中的某一个项目就会产生一个下拉式菜单,下拉式菜单将每一个功能进一步分解。AutoCAD 2006 中文版的菜单栏和下拉式菜单如图 1-8 所示。

　　有些下拉式菜单命令后面带有"▶"、"…"、"Ctrl＋P"等符号或组合键,这些符号或组合键的含义与其他 Windows 应用程序的是一致的,具体约定如下。

　　(1)命令后面有"▶"符号,表示该命令下还有子命令,即还有下级子菜单。

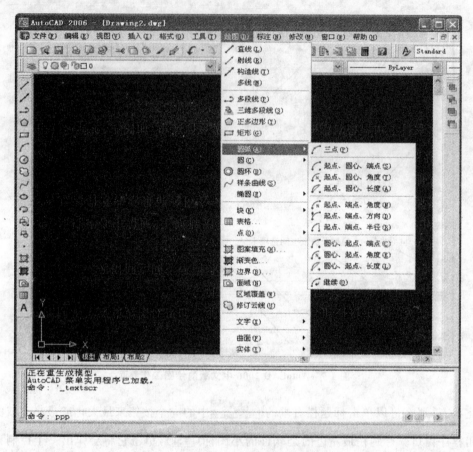

图 1-8　AutoCAD 2006 中文版的绘图菜单

（2）命令后面有快捷键，表示打开该菜单时按下快捷键即可执行相应的命令。

（3）命令后面有组合键，表示直接按组合键就可以执行相应的命令。

（4）命令后面有"…"，表示执行该命令时可以打开一个对话框。

（5）命令呈灰色，表示该命令在当前状态下不能使用。

1.4.3　工具栏

工具栏是应用程序调用命令的另一种方式，它包含了许多由图标表示的命令按钮。在 AutoCAD 2006 中文版中，系统提供了 29 个工具栏。默认情况下，"标准"、"图层"、"属性"、"绘图"、"修改"等工具栏处于打开状态。

如果要显示或隐藏工具栏，则可在任意工具栏上单击右键，此时将会弹出一个快捷菜单,如果显示有"√",则表示该工具栏已经打开,并在工作界面出现该工具栏;否则,该工具栏关闭。用户可以根据自己的需要选择工具栏,以方便绘图,如图 1-9 所示。

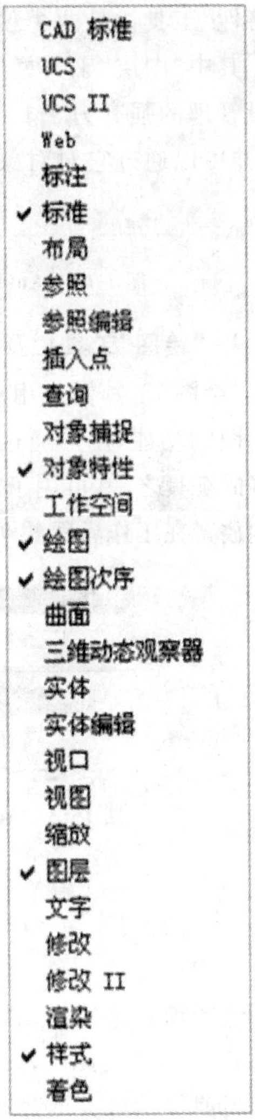

1."标准"工具栏

"标准"工具栏位于菜单栏下方,为典型的 Windows 应用程序工具栏样式,用户只要单击相应的按钮就可执行某个命令或某项功能,如图 1-10 所示。AutoCAD 2006 的"标准"工具栏主要提供两种类型的命令,第一类命令用于在 AutoCAD 2006 和其他 Windows 应用程序之间传递和共享数据,例如,创建文件、打开文件、保存文件和打印 AutoCAD 图形,或将 AutoCAD 图形传递到 Windows 剪贴板中。第二类命令是用户经常用到的,主要用于将图形缩放、平移及设计中心等。

2."样式"工具栏

AutoCAD 2006 中文版较以前版本增加了"样式"工具栏,如图 1-11 所示。默认情况下,"样式"工具栏在"标准"工具栏的右边,包括三种功能。单击 A 按钮会弹出一个【文字样式】对话框,可进行文字样式的设置;单击 按钮会弹出一个【标注样式】对话框,可进行标注样式的设置;单击 按钮会弹出一个【表格样式】对话框,可进行表格样式的设置。

3."图层"工具栏及"对象特性"工具栏

在 AutoCAD 2006 中文版中,"图层"工具栏和"对

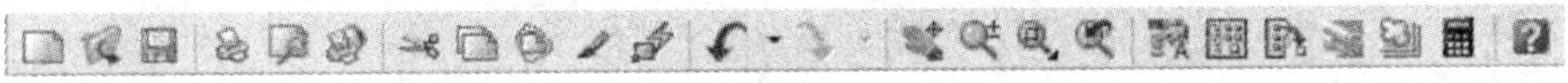

CAD 标准
UCS
UCS II
Web
标注
✓ 标准
布局
参照
参照编辑
插入点
查询
对象捕捉
✓ 对象特性
工作空间
✓ 绘图
✓ 绘图次序
曲面
三维动态观察器
实体
实体编辑
视口
视图
缩放
✓ 图层
文字
修改
修改 II
渲染
✓ 样式
着色

图 1-9　工具栏快捷菜单

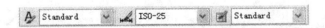

图 1-10　AutoCAD 2006 中文版的"标准"工具栏

图 1-11　AutoCAD 2006 中文版的"样式"工具栏

象特性"工具栏是两个独立的工具栏,它们并排在"标准"工具栏的下方,如图 1-12 所示。其中"图层"工具栏用于建立和管理 AutoCAD 2006 作图过程中的图层,是图形批量管理的强有力工具。"对象特性"工具栏可显示图层中对象的颜色、线型、线宽等,并可以通过它对对象进行必要的修改。

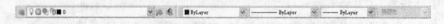

图 1-12　AutoCAD 2006 中文版的"图层"工具栏及"对象特性"工具栏

4. "绘图"工具栏及"修改"工具栏

"绘图"工具栏是用户使用最频繁的工具栏之一,集成了 AutoCAD 2006 绝大多数绘图的功能,用户通过它可以完成各种图形的绘制。"修改"工具栏也是用户使用较多的工具之一,可用于对绘图结果进行必要的修改和编辑。默认情况下,两个工具栏分别放置在工作界面的两侧,用户能方便快速地单击其中各命令按钮,如图 1-13 所示。

图 1-13　AutoCAD 2006 中文版的"绘图"工具栏及"修改"工具栏

1.4.4　绘图窗口

绘图窗口是用户用来绘制图形的工作区域。用户可以根据自己的需要来关闭其周围和里面的工具栏,以增大绘图空间,也可以改变绘图背景的颜色。如果所绘制的图形当前显示过大或过小,则可以通过鼠标来进行缩小或放大。

绘图窗口除了显示当前绘制的图形外,还显示了当前使用的坐标系类型及 X、Y、Z 轴的方位等,默认情况下,AutoCAD 2006 的绘图坐标系为世界坐标系(WCS)。

绘图窗口的下方有模型和布局选项卡,单击它们可以在模型空间或图纸之间来回切换。

1.4.5　命令行及文本窗口

命令行位于绘图窗口的正下方,可以接受用户输入的命令,并显示 AutoCAD

2006 提示的信息。在 AutoCAD 2006 中，命令行可以通过拖放成为浮动状态，如图 1-14所示。

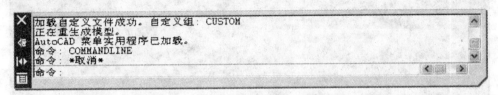

图 1-14　AutoCAD 2006 中文版的命令行窗口

当命令行处于浮动状态时，在其标题上右击，从弹出的快捷菜单中选择"透明"命令，可以打开【透明】对话框，如图 1-15 所示。

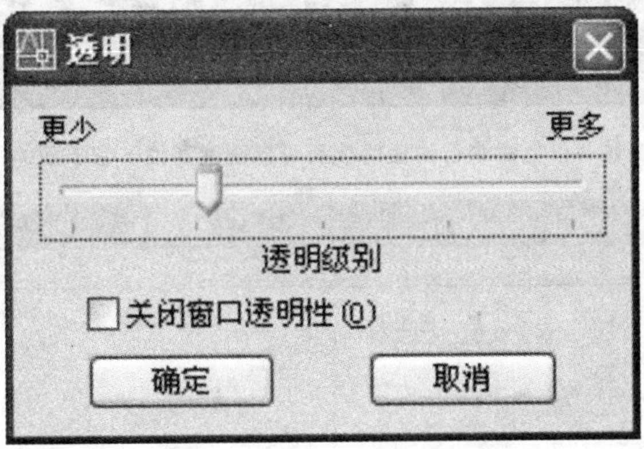

图 1-15　AutoCAD 2006 中文版的【透明】对话框

在【透明】对话框中，用户可以拖动"透明级别"滑块来设置命令行的透明度。当"透明级别"设置为最高时，用户可以清楚地观察到位于命令行下面的图形，如图1-16所示，这样用户就不必先将命令行拖放至其他位置再来观察位于它下面的图形。

图 1-17 所示 AutoCAD 2006 文本窗口是记录 AutoCAD 2006 命令的窗口，也是放大的命令行窗口，它可以记录用户已执行的命令，也可以用来输入新命令。在 AutoCAD 2006 中，有三种方法可以调出文本窗口。用户可以通过选择"视图"→"显示"→"文本窗口"命令，也可以通过执行"TEXTSCR"命令，还可以通过按"F2"键来打开文本窗口。

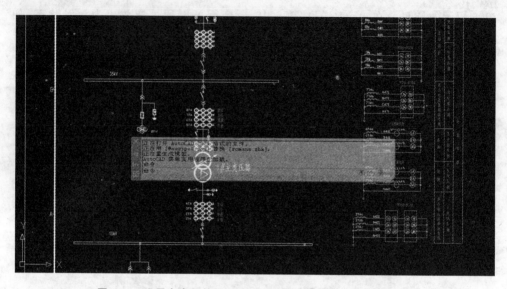

图 1-16　设置命令行的透明度后可以观察到位于它下面的图形

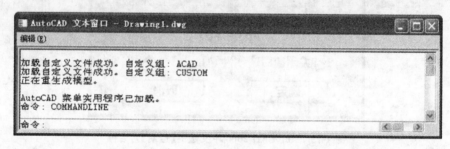

图 1-17　AutoCAD 2006 的文本窗口

1.4.6　状态行

状态行位于 AutoCAD 2006 工作界面的最下方,用来显示 AutoCAD 2006 当前的状态,如显示当前光标所在的坐标信息、命令和各功能按钮的状态,如图 1-18 所示。

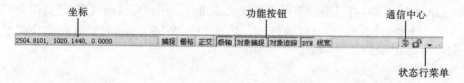

图 1-18　AutoCAD 2006 的状态行

1. 坐标

用户在绘图窗口中移动光标时，状态行上将动态地显示当前光标所在的坐标信息。坐标的模式有三种，这将在后面的章节中介绍。

2. 功能按钮

状态行包括 9 个功能按钮，如"捕捉"、"栅格"、"正交"等，这些按钮是我们精确绘图时常用的工具，它们的主要功能如下。

（1）捕捉。单击该按钮，按钮凹下去，启用捕捉功能。此时光标只能在 X 轴、Y 轴或极轴方向移动固定的距离（即准确移动）。

（2）栅格。单击该按钮，启用栅格功能，此时屏幕上将布满小点，小点的间距可以通过【草图设置】对话框来设置。

（3）正交。单击该按钮，启用正交功能，此时只能绘制垂直或水平移动的直线。

（4）极轴追踪。单击该按钮，启用极轴追踪功能，此时在绘制图形时，系统将根据设置显示一条追踪线，用户可在该追踪线上根据提示精确地绘图。追踪线的角度可以通过【草图设置】对话框来设置。极轴增量角的大小可以设置。

（5）对象捕捉。单击该按钮，启用对象捕捉功能。在执行某个绘图命令时，启用对象捕捉功能能够使光标自动去寻找几何对象的某个需要找到的关键点，从而能够精确地绘图。

（6）对象追踪。单击该按钮，启用对象追踪功能。用户可以通过捕捉对象上的关键点，并沿正交或极轴方向移动光标来显示光标当前位置与捕捉点之间的相对关系，如角度和距离。在找到符合要求的点后，可以直接单击，也可以根据需要在命令行中输入距离的值。

（7）DYN（动态输入）。这是在光标位置上提供的数据即时输入框，可替代在命令行中的输入。

（8）线宽。单击该按钮，启用线宽设置功能。如果对图线设置了不同的线宽，打开该开关，就可以在屏幕上显示图线的不同宽度。

（9）模型或图纸。单击它们，可以在图纸和模型空间之间切换。

3. 通信中心

在 AutoCAD 2006 中文版的状态行中，系统新增了"通信中心"图标。单击该图标，打开【通信中心】对话框，其中是 Autodesk 公司公布最新的软件信息、产品支持通告和其他服务的直接连接。

4. 状态行菜单

在状态行上单击最右端的 ▼ 按钮，打开状态行菜单，如图 1-19 所示。用户可以通过选择或取消这些命令项来控制状态行中坐标或功能按钮的显示。当选择"状态托盘设置"命令时,系统将打开【状态托盘设置】对话框,如图 1-20 所示。选中其中的"显示服务图标"可以在状态栏上显示"通信中心"图标。

图 1-19　状态行菜单

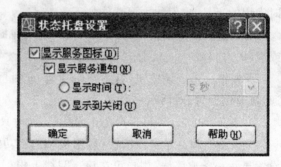

图 1-20　【状态托盘设置】对话框

综 合 练 习

1-1　AutoCAD 2006 中文版有哪些基本功能?

1-2　AutoCAD 2006 中文版的硬件和软件环境有什么要求?

1-3　AutoCAD 2006 中文版如何使用透明命令?

1-4　AutoCAD 2006 中文版的功能按钮有哪些主要功能?

第2章　基本图形元素的绘制

2.1　二维点坐标的表示及输入方式

任何物体在空间中的位置都是通过一个坐标系来定位的。坐标系是确定位置的最基本的手段。掌握各种坐标系的概念、坐标系创建和坐标数据的输入方法,对正确、高效地绘图是非常重要的。如何精确地输入点的坐标是绘图的关键,在命令行中通过键盘输入坐标值来确定点的位置可以满足高精度绘图任务的需求。通过键盘在命令行中输入精确的数值,可以指定一个二维点的坐标值,绘图常用的坐标分笛卡儿坐标与极坐标两种,它们都有绝对坐标和相对坐标之分。

2.1.1　绝对坐标

绝对坐标是指相对于当前坐标系原点(0,0)的坐标,当用户以绝对坐标输入一个二维点时,可以采用笛卡儿坐标或极坐标。

1. 笛卡儿坐标

该坐标系有三个轴,即 X 轴、Y 轴和 Z 轴。输入坐标值时,需要分别指示沿 X 轴、Y 轴和 Z 轴相对于坐标系原点(0,0,0)的距离以及方向(正或负)。

当在二维空间也就是在 XY 平面中确定点的位置时,笛卡儿坐标的 X 值表示沿水平轴以当前单位的距离,正值表示在正方向上的距离,而负值表示在负方向上的距离;Y 值表示沿垂直轴以当前单位的距离。用户需要输入点的 X 坐标值和 Y 坐标值,并且在这两个值之间要用英文逗号隔开,如坐标(10,20)指定一点,此点在 X 轴方向距离原点 10 mm,在 Y 轴方向距离原点 20 mm。

2. 极坐标

极坐标通过距离和角度来定位点,即通过输入坐标系原点与某点的距离,以及这两点之间的连线与 X 轴正方向上的夹角来指定该点。格式为:距离 < 角度。在这两个值中间要用" < "符隔开,例如,某二维点距坐标系原点的距离为 100 mm,坐标系原点与该点的连线相对于坐标系 X 轴正方向的夹角为 30°,那么该点的极坐标为 100 < 30。

2.1.2 相对坐标

相对坐标是指相对于前一坐标点的坐标。相对坐标也有笛卡儿坐标、极坐标之分,输入的格式与绝对坐标的格式相同,但要在前面加"@"。例如,已知前一点的笛卡儿坐标为(100,50),如果在输入点的提示后输入@10,-20,则相当于该点的绝对坐标为(110,30)。

【例 2-1】 练习各种坐标输入方式。

操作过程如下。

命令:_line 指定第一点:90,60

指定下一点或 [放弃(U)]:150,60

指定下一点或 [放弃(U)]:@90,90

指定下一点或 [闭合(C)/放弃(U)]:180<45

指定下一点或 [闭合(C)/放弃(U)]:@50<210

指定下一点或 [闭合(C)/放弃(U)]:C

效果如图 2-1 所示。

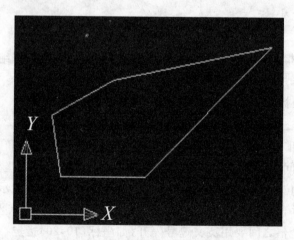

图 2-1　坐标输入练习图

2.1.3 动态输入

动态输入是输入相对坐标值的一种便捷方法。

1. 便捷输入相对直角坐标值

在动态输入未开启的状态下,输入一个点的相对坐标值需要加"@"符号,但如果开启了动态输入功能,则无须加"@"符号,直接输入相对坐标值,中间以逗号隔开即可。

2. 便捷输入相对极坐标值

以绘制直线为例,要绘制一条直线长度为 100 mm,与 X 轴正方向的角度为 30°。如果没有开启动态输入功能,则指定第一点之后,需要在命令行输入@100<30;如果开启了动态输入功能,则指定第一点后,可直接按"Tab"键,在长度和角度之间切换,输入相应值即可。注意:输入的长度值应当是直线的实际长度值,角度值是直线与 X 轴正方向成的角度。

2.2　图形绘制命令的启用方法

2.2.1　绘图命令的启用方法

AutoCAD 2006 具有交互式工作方式,用户可通过单击下拉菜单或工具栏按钮直接进行操作,也可通过在命令行中输入命令和参数进行操作,这三种方式可并行使用。

1. 通过菜单命令绘图

通过菜单的方式执行命令,即通过选择下拉菜单或右击快捷菜单中相应的选项来执行命令,其命令的执行过程与执行键盘输入的命令方式相同。以这类方式执行命令的优点在于,如果用户不知道某个命令的形式,又不知道该命令的工具按钮属于哪个工具栏,或者工具栏中没有该命令的工具按钮形式,就可通过菜单的方式来执行所需的命令。

以菜单的方式执行命令时,应视其命令的形式来快速选择相应的菜单。比如,要使用某个绘图命令,则可在"绘图"菜单中选择相应的绘图命令,如图 2-2 所示。

例如,要对标注样式进行设置(其命令形式为 DIMSTYLE),可在"格式"菜单下选择相关命令,因为样式的设置与格式有关。"格式"菜单栏如图 2-3 所示。

2. 通过工具按钮绘图

通过工具按钮的方式执行命令,即在工具栏中单击与所要执行的命令相应的工

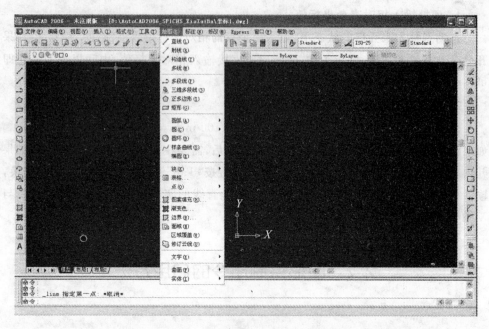

图 2-2　AutoCAD 2006 菜单命令

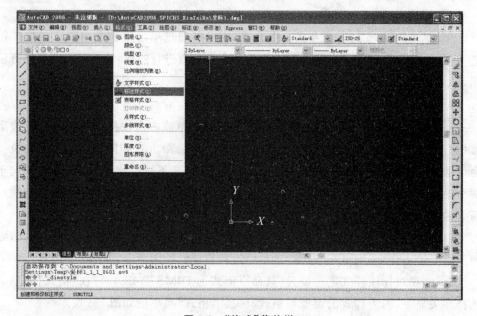

图 2-3　"格式"菜单栏

具按钮,再按照命令行提示完成绘图操作。例如,要使用 （修剪）工具按钮进行绘
图,则可在"修改"工具栏中单击 （修剪）工具按钮,再根据命令行提示完成修剪操
作,如图 2-4 所示。

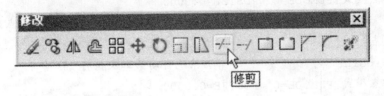

图 2-4　"修剪"工具按钮

3. 通过命令形式绘图

通过命令形式绘图是最常用的一种绘图方法。当用户要使用某个工具进行绘图
时,只需在命令行中输入该工具的命令,再根据系统提示完成绘图即可。例如,要使
用"正多边形"(其命令形式为 polygon)命令进行绘图时,可在命令行提示为"命令:"
状态下输入"polygon"命令,然后,按回车键即可完成操作,如图 2-5 所示。

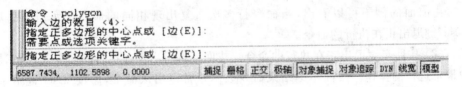

图 2-5　"正多边形"的命令形式

在执行命令过程中,应注意以下几点。

(1) 在执行某些命令过程中,会遇到命令提示的后面有一个尖括号"〈…〉",其中
的值是当前系统的默认值。若在这类提示下直接按回车键,则采用系统默认的值。

(2) 方括号[…]中以"/"隔开的内容表示各种选项,若要选择某个选项,则需输
入圆括号中的字母,该字母可以是大写或小写形式。例如,在执行"直线"命令过程中
要放弃绘制上一条线,则可选择"放弃"选项,即在"命令:"提示后输入"U"。

(3) 某些命令还有缩写名称。例如,除了输入"CIRCLE"外,还可以输入"C"来
执行"CIRCLE"命令,这种简短的命令名称为命令别名。

2.2.2　AutoCAD 2006 命令的执行方式

1. 退出正在执行的命令

在 AutoCAD 2006 中可通过按下"Esc"键或者回车键来退出正在执行的命令。

(1) 按"Esc"键退出正在执行的命令。单击"绘图"工具栏中的·(点)按钮,在绘图区中插入点,然后退出命令行的操作如下。

命令:point   //执行"点"命令

当前点模式:PDMODE=0 PDSIZE=0.0000

                              //显示当前点模式,包括点样式及点大小

指定点: //在绘图区中单击,插入一个点

命令:point   //系统自动第二次执行"点"命令

当前点模式:PDMODE=0 PDSIZE=0.0000

                              //显示当前点模式,包括点样式及点大小

指定点: //在绘图区中单击,插入第二个点

命令:point   //系统自动第三次执行"点"命令

当前点模式:PDMODE=0 PDSIZE=0.0000

                              //显示当前点模式,包括点样式及点大小

指定点:* 取消*   //此时若不再插入点,按下"Esc"键即可退出
                              "点"命令

由前面的例子可以看出,当命令行多次重复出现相同的命令提示时,可以按"Esc"键退出正在执行的命令。

(2) 按回车键退出正在执行的命令。按回车键退出正在执行的命令是绘图过程中最常进行的操作。按回车键结束命令表示正常退出该命令,而按"Esc"键结束命令还可以表示取消当前进行的操作。

单击"绘图"工具栏中的 (构造线)按钮,在绘图区中绘制构造线,命令行操作如下。

命令:xline   //执行"构造线"命令

指定点或[水平(H)/垂直(V)/角度(A)/二等分(B)/偏移(O)]:

                       //在绘图区中单击,确定构造线一点

指定通过点: //在其他位置单击,确定第二点

指定通过点: //再在其他位置单击,确定第二点

指定通过点: //若用户不再绘制构造线,此时按回车键即可退出
                       "构造线"命令

在执行命令过程中,有时需要多次按回车键才能退出命令。比如在执行"单行文字"命令时,需要按两次回车键才能退出该命令。

2. 重复执行上一次操作

若要重复执行前一次操作的命令,则不必再单击该命令的工具图标,或者在命令

行中输入该命令，只需在命令行为"命令："提示状态时直接按回车键或空格键，系统将自动执行前一次操作的命令。

如果要翻阅以前执行过的命令，则可按下键盘上的"↑"方向键，依次向上翻阅前面在命令行中所输入的数值或命令，当命令行出现需要执行的命令时，按回车键或空格键即可完成操作。用户右击，在弹出的快捷菜单中选择的第一项菜单命令，即重复执行前一次操作的命令。若用户设置了禁用右键快捷菜单，则当用户右击时，系统会自动执行前一次操作的命令。

3. 取消已执行的命令

若用户要取消前一次或前几次命令所执行的结果，则可通过以下几种方法来完成。

（1）单击"标准"工具栏中的"放弃"按钮，可依次取消前面所执行的操作至最后一次保存图形。

（2）紧接着（1）步骤的操作，在命令行中执行"U（或 UNDO）"命令可取消前一次或前几次命令的执行结果。

（3）在命令行中执行"OOPS"命令，可取消前一次操作时删除的对象。该命令只能恢复以前操作时最后一次被删除的对象而不影响前面所进行的其他操作。

（4）在部分命令的命令行提示信息中提供了"放弃"选项，用户可在该提示下选择"放弃"选项取消上一步执行的操作，连续选择"放弃"选项可连续取消前面执行的操作。

4. 恢复已撤销的命令

若用户需要恢复前一次或前几次已撤销执行的操作，则可用如下方法来实现。在使用"U（或 UNDO）"命令后，紧接着使用"REDO"命令（或选择"编辑"→"重做"菜单命令）恢复已撤销的前一步操作；单击"标准"工具栏中的"重做"按钮。

2.3　图形绘制命令的具体操作

无论多么复杂的图形，都是由简单图形经过一定的组合并且加以编辑而成的。2.1 节和 2.2 节已经介绍了绘图的基本操作，下面再介绍基本图形的绘制技巧。

AutoCAD 2006 常用的基本图形绘制的启用方法如表 2-1 所示。

某些操作在"绘图"工具栏里并没有给出快捷图标，这时绘图命令的启用是通过"绘图"下拉菜单或命令行实现的，如表 2-2 所示。

表 2-1　AutoCAD 2006 常用的基本图形绘制的启用方法

图 形 绘 制	命令输入方式		
	"绘图"菜单	"绘图"工具栏	命令行
直线	直线		line
构造线	构造线		xline
多段线	多段线		pline
正多边形	正多边形		polygon
矩形	矩形		rectang
圆弧	圆弧		arc
圆	圆		circle
修订云线	修订云线		revcloud
样条曲线	样条曲线		spline
椭圆	椭圆		ellipse
椭圆弧	椭圆弧		ellipse
插入块	插入块		insert
创建块	创建块		block
点	点		point
图案填充	图案填充		bhatch
渐变色	渐变色		gradient
面域	面域		region
插入表格	插入表格		table
多行文字	多行文字		mtext

表 2-2 AutoCAD 2006 下拉菜单或命令行绘制的基本图形启用方法

图 形 绘 制	命令输入方式	
	"绘图"菜单	命令行
射线	射线	ray
多线	多线	mline
二维多段线	二维多段线	3dpoly
圆环	圆环	donut
边界	边界	boundary
区域覆盖	区域覆盖	wipeout
单行文字	单行文字	dtext
曲面	曲面	
实体	实体	

2.4　辅助工具栏的使用

在绘图过程中,通过状态栏来辅助绘图也是提高绘图效率的一个途径。状态栏主要有捕捉、栅格、正交、极轴、对象捕捉、对象追踪和线宽等选项。

2.4.1　捕捉功能与栅格功能联合使用

1. 栅格功能

当用户单击状态栏的"栅格"按钮,且该按钮呈凹下状态时,绘图区的某块区域中会显示一些小点,这些小点就称为栅格,如图 2-6 所示。

栅格在绘图区中只起到辅助绘图的作用,不会被打印输出。

2. 捕捉功能

若要灵活使用栅格来辅助绘图,就需要启用捕捉功能。单击状态栏的 捕捉 按钮,该按钮呈凹下状态时,即启用了捕捉功能。此时若在绘图区中移动十字光标,则会发现光标是按一定的间距移动的。通常可以使用该功能捕捉点、绘制直线、斜线等。

可以将捕捉功能的光标移动间距与栅格的间距设置为相同值,那么光标就会自

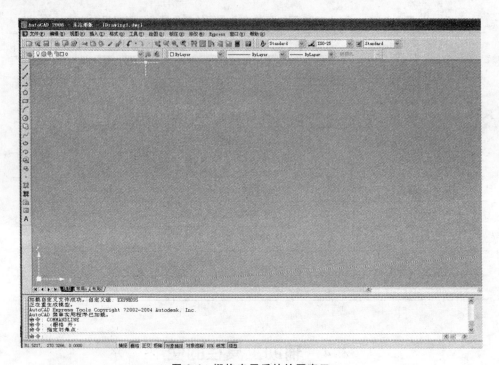

图 2-6　栅格启用后的绘图窗口

动捕捉到相应的栅格点。

3. 草图设置

（1）选择"工具"→"草图设置"菜单命令，在打开的对话框中单击"捕捉和栅格"选项卡，打开如图 2-7 所示对话框。

（2）选中"启用捕捉"复选框，启用捕捉功能。

（3）设置捕捉功能的有关参数。捕捉 X/Y 轴间距的默认值均为 10。在"捕捉 X 轴间距"文本框中指定启用捕捉功能后光标水平移动的间距值，如设置为 50；在"捕捉 Y 轴间距"文本框中指定光标垂直移动的间距值，如设置为 100。

（4）在"角度"文本框中可以设定捕捉栅格的旋转角度。在"X 基点"和"Y 基点"文本框中分别指定栅格的 X 和 Y 基准坐标点，通常默认其值为 0。

（5）选中"启用栅格"复选框，启用栅格功能。

（6）设置栅格功能的相关参数。在"栅格 X 轴间距"文本框中指定栅格点水平之间的距离，如设置为 50（与捕捉功能的水平间距相同）。在"栅格 Y 轴间距"文本框中指定栅格点垂直之间的距离，如设置为 100。

（7）完成设置后，单击"确定"按钮。此时，在绘图区中光标会自动捕捉到相应的

图 2-7　"捕捉和栅格"选项卡

栅格点。

4．捕捉类型和样式

在图 2-7 所示对话框的"捕捉类型和样式"栏中可对捕捉的类型和样式进行设置，其中各项的含义如下。

（1）栅格捕捉：将捕捉类型设置为"栅格捕捉"后，指定点时，光标将沿垂直或水平栅格点进行捕捉。

（2）矩形捕捉：将捕捉样式设置为"矩形捕捉"后，光标将捕捉到一个矩形捕捉栅格。

（3）等轴测捕捉：将捕捉样式设置为"等轴测捕捉"后，光标将捕捉到一个等轴测捕捉栅格。

（4）极轴捕捉：将捕捉类型设置为"极轴捕捉"后，如果打开了"捕捉"模式并在极轴追踪打开的情况下指定点，则光标将按在"极轴追踪"选项卡上相对于极轴追踪起点设置的极轴对齐角度进行捕捉。

5．以命令形式设置捕捉和栅格

捕捉设置的命令是 SNAP 命令，栅格设置的命令是 GRID 命令。对于草图设置的启用,还可以右击"捕捉、栅格、极轴、对象追踪、DNY"中的设置按钮。对于用这两个命令设置捕捉或栅格的方法读者可自行练习,在此不再详细介绍。

若要取消捕捉或栅格功能,则单击状态栏的 捕捉 或 栅格 按钮,使其呈凸出状态即可。

2.4.2 设置正交、极轴

1. 正交功能

单击状态栏的 正交 按钮,该按钮呈凹下状态时,即启用了正交功能。用户在启用正交功能后,可以很方便地捕捉到水平或垂直方向上的点。该功能常用于绘制水平或垂直的直线。正交模式下不能控制通过坐标点输入方式所绘制的直线的形状。另外,在命令行中执行"ORTHO"命令也可设置正交模式。

2. 极轴功能

创建或修改对象时,可以使用"极轴追踪"以显示由指定的极轴角度所定义的临时对齐路径。单击状态栏的 极轴 按钮,该按钮呈凹下状态时,即启用了极轴功能。可通过【草图设置】对话框来设置极轴追踪的角度等其他参数。其具体操作如下。

(1) 选择"工具"→"草图设置"菜单命令,在打开的对话框中单击"极轴追踪"选项卡,如图 2-8 所示。

(2) 选中"启用极轴追踪"复选框,启用极轴追踪功能。

(3) 在"增量角"下拉列表框中指定极轴追踪的角度。比如,设置增量角为 45°时,光标移动到相对于前一点的 0°、45°、90°、135°等角度上,会自动显示一条虚线,该虚线即为极轴追踪线,如图 2-9 所示。

(4) 选中"附加角"复选框,然后单击"新建"按钮,可新增一个附加角。附加角是指当光标移动到所设定的附加角度位置时,会自动捕捉到该条极轴线,以辅助用户绘图。附加角是绝对值的,不是增量。

(5) 完成设置后,单击"确定"按钮完成操作。

另外,若在"极轴角测量"栏中选中"绝对"单选项,则根据当前用户坐标系(UCS)确定极轴追踪角度;若选中"相对上一段"单选项,则根据上一个绘制线段确定极轴追踪角度。

若要取消正交或极轴功能,则单击状态栏的 正交 或 极轴 按钮,使其呈凸出状态即可。

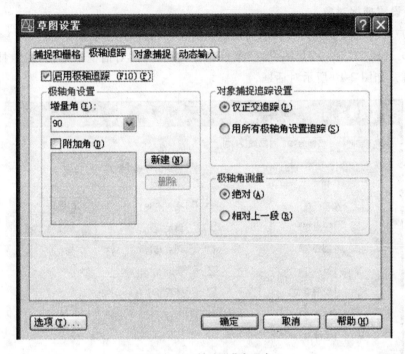

图 2-8　"极轴追踪"选项卡

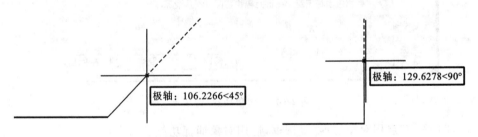

图 2-9　极轴追踪线的使用

2.4.3　设置对象捕捉、对象追踪功能

1. 对象捕捉功能

通过对象捕捉功能可以捕捉某些特殊的点对象,如端点、中点、圆心等。单击状态栏的"对象捕捉"按钮,使该按钮呈凹下状态,即启用了对象捕捉功能。启用对象捕捉功能后,用户将光标移动到某些特殊的点上,系统就会自动捕捉该点,从而精确绘图。

2. 设置捕捉对象

用户可将系统设置为可自动捕捉的点对象,其具体操作如下。

(1)选择"工具"→"草图设置"菜单命令,在打开的对话框中单击"对象捕捉"选项卡,打开如图 2-10 所示对话框。

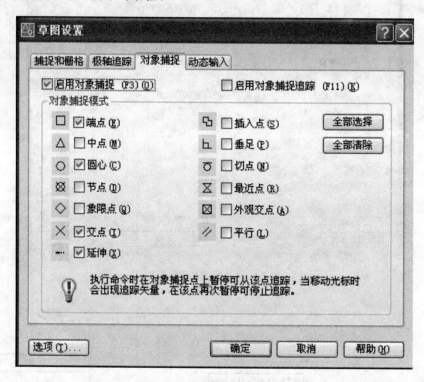

图 2-10　"对象捕捉"选项卡

(2)选中"启用对象捕捉"复选框,启用对象捕捉功能。

(3)在"对象捕捉模式"栏中选择系统能自动捕捉到的特殊点类型,如端点、交点、圆心等。

(4)完成设置后,单击"确定"按钮。

3. 临时追踪点和捕捉自两个功能

在"对象捕捉"选项卡中还有以下两种捕捉方式,它并没有在【草图设置】对话框中反映出来,如图 2-11 所示。其含义分别如下。

(1)临时追踪点(　　):该种捕捉方式始终跟踪上一次单击的位置,并将其作为当前的目标点。也可用 TT 命令进行捕捉。

(2)捕捉自(　　):该种捕捉方式可以根据所指定的基点按偏移一定距离来捕捉

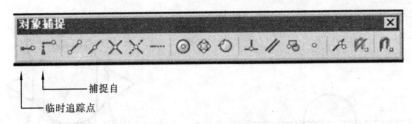

捕捉自

临时追踪点

图 2-11　"对象捕捉"选项卡中的临时追踪点和捕捉自两个功能

特征点。也可用 FRO 或 FROM 命令进行捕捉。

4. 对象追踪功能

对象追踪是根据捕捉点沿正交方向或极轴方向进行追踪的。该功能可看成是对象捕捉和极轴追踪功能的联合应用。

选择"工具"→"草图设置"菜单命令,在打开的【草图设置】对话框中选择"极轴追踪"选项卡,如图 2-8 所示。【草图设置】对话框的"对象捕捉追踪设置"栏包含了"仅正交追踪"和"用所有极轴角设置追踪"两个单选项。通过这两个选项可以设定对象追踪的捕捉模式。其含义分别如下。

(1) 仅正交追踪:选中该单选项,启用对象捕捉追踪时,只显示获取的对象捕捉点的正交(水平/垂直)对象捕捉追踪路径。

(2) 用所有极轴角设置追踪:选中该单选项,就会将极轴追踪设置应用到对象捕捉追踪。使用对象捕捉追踪时,光标将从获取的对象捕捉点起沿极轴对齐角度进行追踪。

对象追踪应与对象捕捉配合使用。在使用对象追踪时必须打开一个或多个对象捕捉,同时启用对象捕捉。

若要取消对象捕捉或对象追踪功能,则单击状态栏的 对象捕捉 或 对象追踪 按钮,使其呈凸出状态即可。

2.5　简单实例介绍

【**例 2-2**】　利用绘图工具栏的"直线"和"圆"命令绘制如图 2-12 所示的电压源图形。

使用命令行或菜单栏可完成图 2-12 所示图形的绘制。

【**例 2-3**】　绘制如图 2-13 所示的平面图形。

分析:该图形是由直径为 40 mm 的圆、内接四边形、外切八边形、以八边形的边

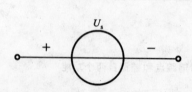

图 2-12　电压源图形

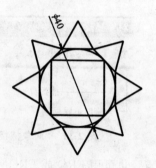

图 2-13　平面图形

构成 8 个正三角形构成的,最后对圆的直径进行标注。

绘图步骤如下。

(1) 绘制直径为 40 mm 的圆。

命令行操作如下。

命令:_circle 指定圆的圆心或 [三点(3P)/两点(2P)/相切、相切、半径(T)]:

指定圆的半径或 [直径(D)]〈20.0000〉:d

指定圆的直径〈40.0000〉:40

(2) 绘制圆内接四边形。

命令行操作如下。

命令:_polygon 输入边的数目〈4〉:

指定正多边形的中心点或 [边(E)]:〈对象捕捉　开〉

正在恢复执行 POLYGON 命令。

指定正多边形的中心点或 [边(E)]:

输入选项 [内接于圆(I)/外切于圆(C)]〈I〉:

指定圆的半径:20

(3) 绘制圆外切八边形。

命令行操作如下。

命令:_polygon 输入边的数目〈4〉:8

指定正多边形的中心点或 [边(E)]:

输入选项 [内接于圆(I)/外切于圆(C)]〈I〉:c

指定圆的半径:20

命令:_polygon 输入边的数目〈8〉:3

(4) 环形阵列绘制 8 个正三角形。

命令行操作如下。

指定正多边形的中心点或 [边 (E)]:e

指定边的第一个端点:指定边的第二个端点:

命令:_array 找到 1 个

指定阵列中心点:> >

正在恢复执行 ARRAY 命令。

指定阵列中心点:

(5) 标注圆的半径。

命令行操作如下。

命令:_dimdiameter

选择圆弧或圆:

标注文字 =　40

指定尺寸线位置或 [多行文字(M)/文字(T)/角度(A)]:

参数说明如下。

(1) AutoCAD 2006 默认值为命令选项中的第一项。

(2) []内项目表示的为可选择项目,项目后面的字母为其快捷方式,用于在命令行直接输入。

(3) 〈〉内值表示当前的默认值。

2.6　综合实例

【例 2-4】　绘制如图 2-14 所示的基本照明线路。

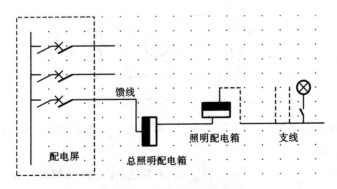

图 2-14　基本照明线路

分析:基本照明线路由配电屏、照明配电箱及照明设备三部分组成。

绘图步骤如下。

(1) 配电屏可看成是由图 2-15(a)所示的部分复制而成的。该部分主要绘制直线。

(a)　　　　　　　(b)　　　　　　(c)

图 2-15　照明线路分解图形

(2) 照明配电箱如图 2.15(b)所示,由两个相同的矩形构成,其中一个矩形以黑色填充。

(3) 照明设备为一灯泡,如图 2.15(c)所示,由圆和直线构成。在学习了第 3 章的知识后还可以用环形阵列来完成这照明线路的绘制。

【例 2-5】　绘制如图 2-16 所示的交流去磁电路接线图。

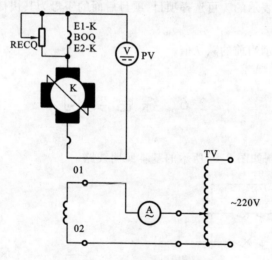

图 2-16　交流去磁电路接线图

分析:交流去磁电路由电动机、变阻器、电感及交流电流表和交流电压表构成。

绘图步骤如下。

(1) 变阻器如图 2-17(a)所示,由矩形、多段线、实心圆及圆弧构成。

(2) 电动机如图 2-17(b)所示,由圆及矩形构成,此处涉及如何使用修剪(第 3 章中详细介绍)圆内矩形的方法。

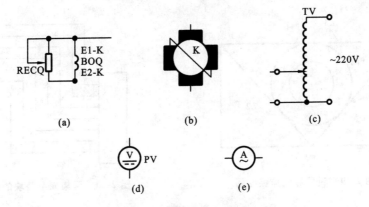

图 2-17　交流去磁电路分解图形

（3）电感如图 2-17(c)所示，由圆弧、圆、实心圆及圆弧构成。

（4）交流电压表、交流电流表分别如图 2-17(d)、(e)所示，由圆及文字构成。

综合练习

2-1　用相对极坐标绘制如图 2-18 所示的图形。

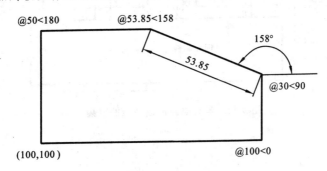

图 2-18　相对极坐标绘图

2-2　使用"自动捕捉"功能绘制图 2-19 所示的图形。

2-3　绘制图 2-20 所示的两集成电路块的连接图形。

2-4　绘制图 2-21 所示的变频器。

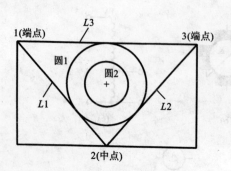

图 2-19　利用对象捕捉绘图

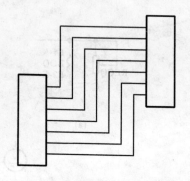

图 2-20　两集成电路块的连接图

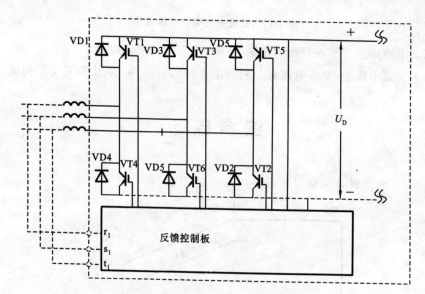

图 2-21　具有电源反馈功能的变频器

第3章 图形编辑

在作图过程中,对已有的图形进行修改,称为图形编辑。熟练掌握图形编辑的方法,可以大大提高绘图的效率。AutoCAD 2006 提供了两种图形编辑方式,即先发出命令再选择对象来编辑的方式,先选择对象再发出编辑命令对实体进行编辑的方式。

3.1 选 择 对 象

当输入一条编辑命令或进行其他操作,命令行出现"选择对象:"提示时,AutoCAD 2006 处于让用户选择实体(实体是指所绘图样中的图形、文本、尺寸、剖面线等)的状态,此时屏幕上的十字光标也变成了一个活动的小方框"□",这个小方框称为"对象拾取框"。AutoCAD 2006 提供了多种选择实体的模式,下面介绍几种常用的选择实体的模式。

1. 直接点取模式

该模式一次只选一个实体。当出现"选择对象:"提示时,可直接移动鼠标,让对象拾取框"□"移到所选择的实体上并单击,该实体变成虚像时即表示被选中。图 3-1 所示的为选中了正三角形。

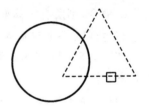

2. W 窗口模式

图 3-1　点取模式

该模式通过绘制一个矩形框来选择对象。当出现"选择对象:"提示时,先给出窗口左上角点 $F1$,再给出窗口右下角点 $F2$,完全处于窗口内的实体变成虚像时被选中,不在该窗口内或者只有部分在该窗口内的对象则不被选中,如图 3-2 所示。

3. C 交叉窗口模式

用该模式可选中完全和部分处于窗口内的所有实体。当出现"选择对象:"提示时,先给出窗口右下角点 $F1$,再给出窗口左上角点 $F2$,完全和部分处于窗口内的所有实体都变成虚像,如图 3-3 所示。

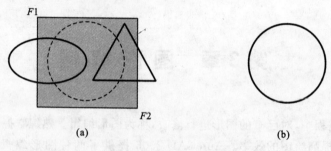

(a)　　　　　　　　　　　　　　　　(b)

图 3-2　W 窗口选取模式

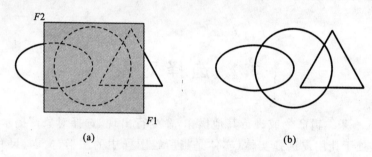

(a)　　　　　　　　　　　　　　　　(b)

图 3-3　C 交叉窗口选取模式

4. 全选(ALL)模式

用该模式可选中屏幕上的所有实体。当出现"选择对象:"提示时,从键盘键入"ALL"命令,则所有实体变成虚像,图中的所有对象被选中。

提示:(1) 各种选取实体的方式可在同一命令中交叉使用。

(2) 按下"Shift"键后单击,可以撤销同一命令中已选中的实体,这是一种常用的撤销方式。

(3) 在练习中经常使用全选模式,但在实际绘图过程中,使用全选模式要特别小心,以免误删。

5. 选择密集或重叠对象模式

当对象非常密集或重叠时,选择所要的对象通常是很困难的。因此可通过按下"Ctrl"键,再选择一个尽可能接近要选择对象的点,并反复单击,循环切换来选择。当通过夹点判断出所选对象是自己所要的对象时,按回车键结束对象选择。

3.2　图形编辑命令的启用方法

在 AutoCAD 2006 中,常用的二维图形编辑命令的输入方式如表 3-1 所示。

表 3-1 二维图形编辑命令的输入方式

图 形 编 辑	命令输入方式		
	"修改"菜单	"修改"工具栏	命令行
删除	删除		erase(或 e)
复制	复制		copy(或 co 或 cp)
镜像	镜像		mirror(或 mi)
偏移	偏移		offset(或 o)
阵列	阵列		array(或 ar)
移动	移动		move(或 m)
旋转	旋转		rotate(或 ro)
缩放	缩放		scale(或 sc)
拉升	拉升		stretch(或 s)
拉长	拉长		lengthen(或 len)
修剪	修剪		trim(或 tr)
延伸	延伸		extend(或 ex)
打断	打断		break(或 br)
合并	合并		join(或 j)
倒角	倒角		chamfer(或 cha)
圆角	圆角		fillet(或 f)
分解	分解		explode(或 x)

3.3　图形编辑命令的具体操作

3.3.1　删除、撤销和恢复命令

在手工绘图中使用橡皮是不可避免的；使用计算机绘图也会出现一些多余的线条或错误的操作，也可以使用下面几个命令来擦除或撤销它。

1. 使用 erase 命令删除

激活 erase 命令后，命令行提示如下。

选择对象：　　　　　//选择需要删除的实体

选择对象：　　　　　//继续选择需要删除的实体或按回车键结束

2. 使用 undo 命令撤销

在完成一次操作后，如发现操作失误，则可用 undo 命令撤销该操作。

激活命令有以下两种方式。

（1）单击"标准"工具栏的 ⤺（放弃）按钮。

（2）从命令行输入"undo"命令。

激活命令后，AutoCAD 2006 会立即撤销上一个命令的操作。如连续单击 ⤺（放弃）按钮，将依次向前撤销命令，直至起始状态。

3. 使用 redo 命令恢复

redo 命令的功能与撤销命令的功能相反，如果多撤销了，则可单击"标准"工具栏的 ⤻（重做）按钮或从键盘键入"redo"命令来恢复所撤销的命令。

3.3.2　copy 命令

1. 功能

在同一图形上出现相同结构时，可只画出其中的一个，其他的结构可复制生成，相同结构越复杂，数量越多，优越性越大。

2. 命令的操作

使用"copy（复制）"命令将图 3-4（a）所示的图形画为图 3-4（b）所示图形。

单击"修改"工具栏的 ⬡（复制）按钮，激活命令后，命令行提示如下。

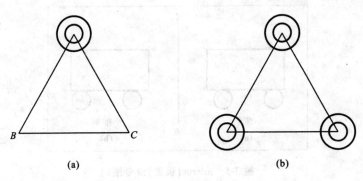

(a)　　　　　　　　　　　　　　(b)

图 3-4　"复制"命令图例

选择对象：	//用窗口方式选择两小圆
选择对象：✓	//结束实体选择
指定基点或位移，或者 [重复(M)]：	//鼠标选择圆心为"基点"
指定位移的第二点或〈用第一点作位移〉：	//捕捉"B"点
指定第二个点或 [退出(E)/放弃(U)]〈退出〉：	//捕捉"C"点
指定第二个点或 [退出(E)/放弃(U)]〈退出〉:E	//结束命令

提示：当命令行提示指定位移的第二点时，也可用键盘输入相对坐标给出位移距离。

3.3.3　mirror 命令

1. 功能

mirror(镜像)命令用于将选中的实体按指定的镜像线做镜像，即以相反的方向生成所选择实体的复制。几乎每一次作图都要画对称结构，其实，主视图——后视图、左视图——右视图、俯视图——仰视图都是轴对称图形，只是其中有个别图线的可见性不同而已，用 mirror(镜像)命令绘制这种图形可以减少近一半的工作量。

2. 命令的操作

将图 3-5(a)所示图形用 mirror(镜像)命令复制成图 3-5(b)所示图形，并保留源对象。

单击"修改"工具栏的 ▲▲(镜像)按钮，激活命令后，命令行提示如下。

选择对象:指定对角点:找到 4 个	//用 C 交叉窗口选择实体
指定镜像线的第一点：	//捕捉"A"点
指定镜像线的第二点：	//捕捉"B"点
是否删除源对象？[是(Y)/否(N)]〈N〉:✓	//不删除原来的镜像对象

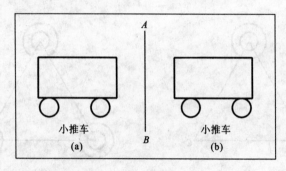

图 3-5　mirror(镜像)命令图例

提示：当命令行提示"是否删除源对象？［是（Y）/否（N）］〈N〉;"时，从键盘输入"Y"，将删除原实体。

3.3.4　offset 命令——绘制平行结构

1. 功能

offset(偏移)命令可以用来绘制原有实体的等距线，如，平行线、平行曲线、同心结构等。

2. 命令的操作

使用 offset(偏移)命令将图 3-6(a)所示图形画为图 3-6(b)所示图形，偏移距离为 20。其操作方法是单击"修改"工具栏的 （偏移）按钮；激活命令后，命令行提示如下。

指定偏移距离或 [通过(T)]〈1.0000〉:20✓

选择要偏移的对象或〈退出〉：　　　//选择正六边形实体

指定点以确定偏移所在一侧：　　　//鼠标导向，指向正六边形内侧

选择要偏移的对象或〈退出〉:✓　　　//结束命令

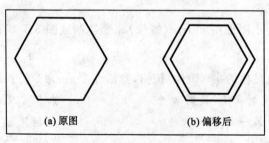

图 3-6　偏移命令图例

3.3.5　array 命令

1. 功能

array(阵列)命令是一个高效的复制命令,可对选定的实体进行有规律的多个复制。阵列方式分为矩形阵列和环形阵列两种。

2. 命令的操作

执行 array(阵列)命令后,系统将弹出【阵列】对话框,如图 3-7 所示。利用该对话框可以设置矩形阵列或环形阵列的相关参数。

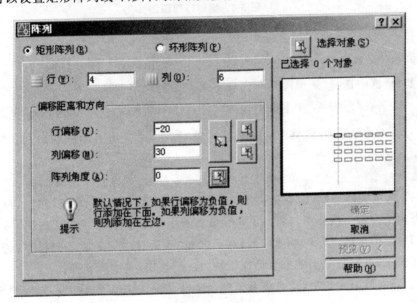

图 3-7　【阵列】对话框

1) 矩形阵列

选定"矩形阵列",表示把同一对象进行多行或多列复制,其操作是在【阵列】对话框中选择"矩形阵列"单选项。【阵列】对话框中各选项的含义如下。

(1) "行"文本框:用于输入矩形阵列的行数。

(2) "列"文本框:用于输入矩形阵列的列数。

(3) "偏移距离和方向"选项区:该选项区包含 3 个选项,用于输入行间距、列间距及阵列对象与 X 轴旋转的角度。

【例 3-1】　使用矩形阵列命令绘制图 3-8 所示图形。

操作步骤如下。

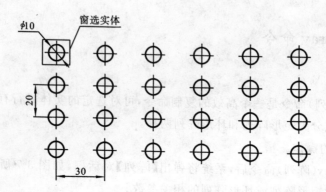

图 3-8　矩形阵列图例

（1）绘制图 3-8 所示左上角 $\phi10$ 小圆及中心线。

（2）单击"修改"工具栏的 ⊞ （阵列）按钮，弹出图 3-7 所示【阵列】对话框。在【阵列】对话框中选择"矩形阵列"（出现小黑点即为选中此项）；在"行偏移"文本框中输入"－20"，在"列偏移"文本框中输入"30"，在"阵列角度"文本框中输入"0"。

（3）单击【阵列】对话框的 ▣ （选择对象）按钮，系统进入绘图状态，此时命令行提示如下。

选择对象：　　　　//选择 $\phi10$ 小圆及中心线后，回车结束实体选择

（4）结束实体选择后，系统再次弹出【阵列】对话框，单击"预览"按钮，可进入绘图状态预览。若不满意所绘图，可单击弹出的小对话框中的"修改"按钮，再次返回【阵列】对话框修改，然后单击【阵列】对话框的"确认"按钮，完成阵列操作；若预览后对结果满意，可单击弹出的小对话框中的"接受"按钮，完成阵列操作。

提示：在阵列命令中，用行偏移值和列偏移值的正与负控制生成阵列的方向，规律如下。

行偏移为正值，则由原图形向上生成阵列；行偏移为负，则向下生成阵列；列偏移为正值，则由原图形向右生成阵列；列偏移为负值，则向左生成阵列。

2）环形阵列

选定"环形阵列"，表示把同一对象绕阵列中心在圆周按一定角度间隔进行复制。其操作是在【阵列】对话框中选择"环形阵列"单选项，弹出【环形阵列】对话框，如图3-9 所示。

该对话框中各选项的含义如下。

（1）"中心点"选项区。该选项区用于输入环形阵列的阵列中心坐标。用户可以在"X"和"Y"文本框中输入对应的坐标值，也可单击右侧的 ▣ 按钮，从屏幕上拾取中

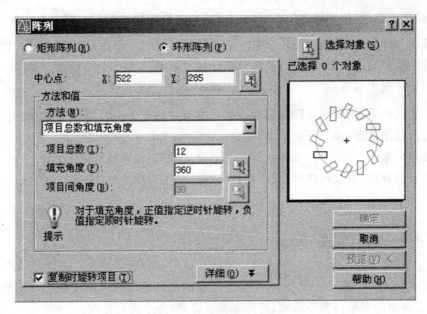

图 3-9 【环形阵列】对话框

心点。

(2)"方法和值"选项区。该选项区包含 4 个选项,用于确定环形阵列的方法、阵列数目、环形阵列的填充角度和各项目间的角度。

(3)"复制时旋转项目"复选框。该选项用于确定环形阵列对象是否绕其基点旋转。

【例 3-2】 用环形阵列命令将图 3-10(a)所示的图形编辑成图 3-10(b)所示图形。

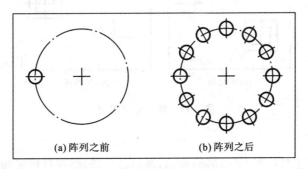

(a) 阵列之前   (b) 阵列之后

图 3-10 环形阵列图例

操作步骤如下。

单击"修改"工具栏的 ▦ (阵列)按钮,激活命令后,弹出【阵列】对话框。在【阵列】对话框中选择"环形阵列",在"项目总数"文本框中输入"12";在"填充角度"文本框中输入"360";在"复制时旋转项目"复选框中打"√"。单击对话框中 [图](拾取中心点)按钮,系统进入绘图状态,此时命令行提示如下。

指定阵列中心点: //捕捉大圆圆心,作为阵列中心点

结束选择后,系统弹出【阵列】对话框。单击对话框中 [图](选择对象)按钮,系统再次进入绘图状态,命令行提示如下。

选择对象: //选择小圆及其水平中心线,回车结束实体选择

结束选择后,系统再次弹出【阵列】对话框,单击对话框的"确定"按钮,结果如图3-10(b)所示。

3.3.6 move 命令

在 AutoCAD 2006 中绘图,不必像手工绘图那样精确计算每个视图在图纸中的位置,若画出的图形位置不准确,可用 move(移动)命令进行修改。

1. 功能

使用 move 命令可将选中的实体平行移动到指定位置。

2. 命令的操作

【例 3-3】 用 move 命令将图 3-11(a)所示图形中的两个同心矩形从点 *A* 移动到点 *B*。

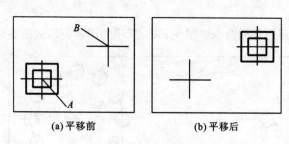

(a)平移前   (b)平移后

图 3-11 移动命令图例

操作步骤如下。

单击"修改"工具栏的 ✛ (移动)按钮,激活命令后,命令行提示如下。

选择对象:找到 2 个   //用窗选方式,选择 2 个同心矩形
选择对象:↙   //选择结束
指定基点或位移:〈对象捕捉 开〉   //捕捉交点"A",作为基点

指定位移的第二点或〈用第一点作位移〉: //捕捉交点"B",作为位移的第二点
效果如图 3-11(b)所示。

3.3.7 rotate 命令

1. 功能

rotate(旋转)命令用于将选中的实体绕指定的基点进行旋转以改变其方向。默认情况下,逆时针方向旋转为正,顺时针方向旋转为负。用 AutoCAD 2006 绘图时,利用正交工具可以通过输入长度画水平线和铅垂线,这是一种非常有效的作图方法。有了 rotate 命令,就可先将倾斜结构置于水平或铅垂位置,利用正交工具画出图形,再将它们旋转规定的角度而得到需要的图形。该命令在机械制图中常用于画斜视图和斜剖视图。

2. 命令的操作

旋转的方式有指定转角方式和参照方式两种。

1) 指定转角方式(默认方式)的应用

【例 3-4】 用旋转命令中的指定转角方式将图 3-12(a)所示图形修改成图 3-12(b)所示图形。

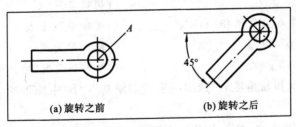

(a) 旋转之前　　　　　(b) 旋转之后

图 3-12　指定转角方式旋转图例

操作步骤如下。

单击"修改"工具栏的 ⟳(旋转)按钮。激活命令后,命令行提示如下。

UCS 当前的正角方向:

ANGDIR=逆时针　ANGBASE=0　　　　//信息行

选择对象:指定对角点:找到 7 个　　　//用 C 交叉窗口模式选择需要旋转的实体

选择对象:↙　　　　　　　　　　//选择结束

指定基点:〈对象捕捉　开〉　　　　//捕捉基点"A"

指定旋转角度或 [参照(R)]:45↙　//输入旋转角度,按回车键结束命令

2) 参照方式的应用

【例 3-5】 用旋转命令中的参照方式将图 3-13(a)所示图形修改成图 3-13(b)所示图形。

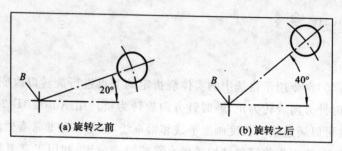

(a) 旋转之前   (b) 旋转之后

图 3-13   参照方式旋转图例

操作步骤如下。

单击"修改"工具栏的按钮(或单右击,选择"重复旋转"命令)。激活命令后,命令行提示如下。

UCS 当前的正角方向:ANGDIR=逆时针   ANGBASE=0   //信息行

选择对象:指定对角点:找到 3 个   //选择圆及 2 条中心线

选择对象:↙   //选择结果

指定基点: //捕捉基点"B"

指定旋转角度或 [参照(R)]:R↙   //选择参照方式

指定参照角〈0〉:20↙   //输入原角度

指定新角度:40↙   //输入新角度,按回车键结束命令

输入参考角度和新角度后,选中的实体即绕基点"B"由原来的 20°旋转到 40°的新位置。

提示:在旋转命令中,输入角度为正值,则图形逆时针旋转;输入角度为负值,则图形顺时针旋转。

3.3.8   scale 命令

1. 功能

scale(缩放)命令用于将选中的实体相对于基点按比例进行放大或缩小。在手工绘图时,特别强调在正式画图前要选择恰当的作图比例,若比例选择不当,可能会导致重画图形。利用 AutoCAD 2006 绘图时,完全没有必要选择作图比例,无论画什么图形均按 1:1 的比例绘制,画完后再用缩放命令放大或缩小以适应于图纸幅面

的大小。

2. 命令的操作

缩放图形的方式有给比例值方式和参照方式两种。

1) 给比例值方式(默认方式)的应用

【例 3-6】　用缩放命令中的给比例值方式将图 3-14(a)所示图形按 1∶2 的比例修改成图 3-14(b)所示图形。

单击"修改"工具栏的 ▢(缩放)按钮,激活命令后,命令行提示如下。

选择对象:指定对角点:找到 6 个　　　　//用窗选方式,选择要缩放的实体
选择对象:↙　　　　　　　　　　　　　//选择结果
指定基点:　　　　　　　　　　　　　//捕捉图中圆心为基点
指定比例因子或 [参照(R)]:0.5↙　　　//输入比例值,按回车键结束命令

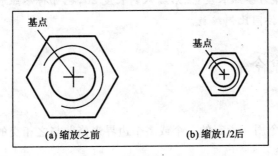

图 3-14　给比例值方式缩放图例

提示:输入的比例值大于 1,则放大图形;输入的比例值小于 1,则缩小图形;比例值不能是负值。

2) 参照方式的应用

【例 3-7】　用缩放命令中的参照方式将图 3-15(a)所示图形(零件图中的表面粗糙度符号)修改成图 3-15(b)所示图形。

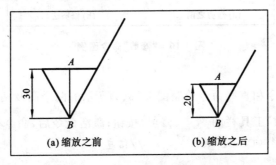

图 3-15　参照方式缩放图例

操作步骤如下。

单击"修改"工具栏的 ▢（缩放）按钮。激活命令后，命令行提示如下。

选择对象:指定对角点:找到 4 个　　　//用窗选方式,选择要缩放的实体

选择对象:✓　　　　　　　　　　　//选择结束

指定基点:　　　　　　　　　　　//捕捉图中"B"点为基点

指定比例因子或 [复制(C)/参照(R)]〈1.0000〉:R✓　　//选择参照方式

指定参照长度〈1.0000〉:30✓　　　//输入 AB 原长度值

指定新长度或 [点(P)]〈1.0000〉:20✓　//输入缩放后的尺寸,按回车键结束
　　　　　　　　　　　　　　　　　命令

提示:若不知道 AB 的原长度,当命令行提示"指定参照长度"时,可先捕捉 AB 两点间的距离,并作为参照长度;然后输入新长度20,也可将参照长度缩放到所需长度。所选对象全部按同比例缩放。

3.3.9　trim 命令

1. 功能

trim(修剪)命令用于指定的一个或多个边界来修剪与之相交的实体。

2. 命令的操作

【例 3-8】　绘制图 3-16 所示键槽。

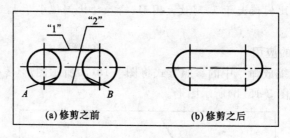

图 3-16　"修剪"命令图例

操作步骤如下。

(1) 用画圆命令和直线命令绘制图 3-16(a)所示的两个圆及两条切线。

(2) 单击"修改"工具栏的 ⟋（修剪）按钮;激活命令后,命令行提示如下。

当前设置:投影=UCS,边=无　　　//信息行

选择剪切边...

选择对象〈全部选择〉:　　　　　//选择修剪边界"1"

选择对象：   //选择修剪边界"2"

选择对象：✓   //结束边界选择

选择要修剪的对象   //选择圆弧"A"

选择要修剪的对象   //选择圆弧"B"，按回车键结束命令

结果如图 3-16(b)所示。

提示：当命令行提示"选择剪切边…"时，"选择对象〈全部选择〉"可采用 C 交叉窗口模式选择全部实体为修剪边界，再修剪各实体中多余的部分。

【例 3-9】 采用 C 交叉窗口模式绘制图 3-17(a)所示图形。

操作步骤如下。

单击"**修改**"工具栏的 （修剪）按钮，激活命令后，命令行提示如下。

当前设置：投影=UCS，边=无 //信息行

选择剪切边…

选择对象：指定对角点：找到 7 个 //用 C 交叉窗口模式选中需要修剪的所有
              实体

选择对象：✓   //结束边界选择

选择要修剪的对象：   //用光标分别拾取"1"、"2"、"3"、"4"部分

选择要修剪的对象：✓   //结束剪切

结果如图 3-17(b)所示。

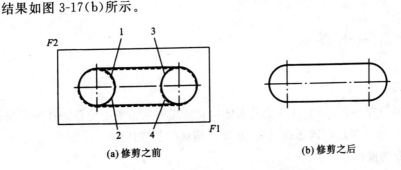

(a) 修剪之前   (b) 修剪之后

图 3-17 用 C 交叉窗口模式修剪图例

3.3.10 extend 命令

1. 功能

extend(延伸)命令用于将选中的实体延伸到指定的边界。

2. 命令的操作

以图 3-18 所示图形为例,单击"修改"工具栏的 ----/ (延伸)按钮,激活命令后,命令行提示如下。

命令:_extend

当前设置:投影=UCS,边=无　　　//信息行

选择边界的边...

选择对象或〈全部选择〉:找到 1　　//选左边铅垂线作边界

选择对象:✓　　　　　　　　//结束边界选择

选择要延伸的对象:　　　　　　//分别选择右边水平线、圆弧和右边倾斜
　　　　　　　　　　　　　　　线后结束命令

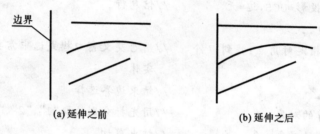

(a) 延伸之前　　　　　　　　(b) 延伸之后

图 3-18　"延伸"命令图例

3.3.11　stretch 命令

1. 功能

stretch(拉伸)命令用于将选中的实体拉长或压缩到给定的位置。在操作该命令时,必须用 C 交叉窗口模式选择对象,实体才能被拉长或压缩。

2. 命令的操作

【例 3-10】　用拉伸命令将图 3-19(a)所示小轴沿轴向拉伸 20 mm。

操作步骤如下。

单击"修改"工具栏的 ▨ (拉伸)按钮,激活命令后,命令行提示如下。

以交叉窗口或交叉多边形选择要拉伸的对象...

选择对象:指定对角点:找到 4 个　　//用 C 交叉窗口模式选中轴右端

选择对象:✓　　　　　　　　　//选择结束

指定基点或位移:　　　　　　　//捕捉图中基点 A

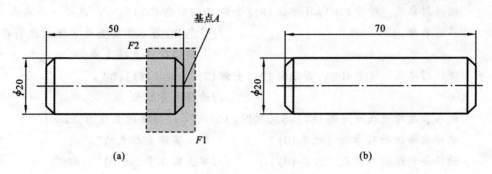

图 3-19 "拉伸"命令图例

指定第二个点或〈使用第一个点作为位移〉:@20<0 ↙

//输入对基点 A 的相对极坐标

提示:(1)采用 C 交叉窗口模式选择的对象才能被拉长或压缩,完全在窗口外的实体不会有任何改变;实体拉长或压缩后,其所标注的尺寸也会随之改变。

(2)对于圆、椭圆、块、文本等没有端点的实体,不能拉伸,若特征点全在选取窗口内,则发生移动。

3.3.12 lengthen 命令

1. 功能

lengthen(拉长)命令用于查看选中实体的长度,并将选中的实体按指定的方式延长或缩短到给定的长度。在使用该命令时,只能用直接点取模式来选择对象,且一次只能选择一个实体。

2. 命令的操作

【例 3-11】 将图 3-20 所示圆的中心线延长 3 mm。

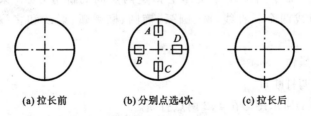

(a)拉长前 (b)分别点选4次 (c)拉长后

图 3-20 "拉长"命令图例

操作步骤如下。

单击下拉菜单的"修改"→"拉长"命令,激活命令后,命令行提示如下。

选择对象或 [增量(DE)/百分数(P)/全部(T)/动态(DY)]：　//选择一个实体

当前长度：40.0000　　　　　　　　　　//信息行，若不需要查看实体长度则在

　　　　　　　　　　　　　　　上面提示中直接选项

选择对象或 [增量(DE)/百分数(P)/全部(T)/动态(DY)]：DE ✓

　　　　　　　　　　　　　//选择增量拉长

输入长度增量或 [角度(A)]〈5.0000〉：3 ✓　　//增量的长度为 3 mm

选择要修改的对象或 [放弃(U)]：　　//单击实体要拉长的"*A*"端

选择要修改的对象或 [放弃(U)]：　　//单击实体要拉长的"*B*"端

选择要修改的对象或 [放弃(U)]：　　//单击实体要拉长的"*C*"端

选择要修改的对象或 [放弃(U)]：　　//单击实体要拉长的"*D*"端

选择要修改的对象或 [放弃(U)]：✓　　//结束拉长

提示：(1)例 3-11 用"增量(DE)"方式按输入的长度增量来拉伸实体的长度，若在提示行"输入长度增量或 [角度(A)]"中选择"A"，则按指定的角度增量拉长圆弧类实体的长度。

(2) 提示行"选择对象或 [增量(DE)/百分数(P)/全部(T)/动态(DY)]："后 3 项的含义如下。

① "P"选项：将选中的实体按指定的百分数相对于原长度延长或缩短，所给的数大于 100 则拉长实体的长度，所给的数小于 100 则缩短实体的长度。

② "T"选项：将选中的实体按输入的全长值延长或缩短至给定的长度。

③ "DY"选项：允许用鼠标拖动实体的方法将实体延长或缩短至给定的长度。

3.3.13　break 命令

1. 功能

break(打断)命令用于删除实体上指定两点间的部分，或在某点打断一个实体，即将实体分成两个。直线、圆、圆弧、椭圆、椭圆弧、射线和多段线可用"打断"命令。

2. 命令的操作

1) 直接给两打断点

将图 3-21(a)所示图形在 1、2 两点打断。

操作步骤如下。

单击"修改"工具栏的 ▭(打断)按钮。激活命令后，命令行提示如下。

命令：_break 选择对象：　　　　//给打断点"1"

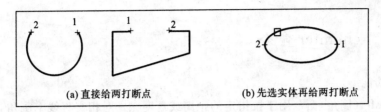

(a) 直接给两打断点　　　(b) 先选实体再给两打断点

图 3-21　"打断"命令图例

指定第二个打断点或 [第一点(F)]：　　　//给打断点"2"，命令结束

2) 先选实体再给两打断点

这种方法常用于第一个打断点定位不准，需要重新指定的情况。

将图 3-21(b)所示椭圆的上半弧打断。

操作步骤如下。

单击"修改"工具栏的 ▭ (打断)按钮。激活命令后，命令行提示如下。

命令：_break 选择对象：　　　　　//选择椭圆

指定第二个打断点或 [第一点(F)]：F↙　//重新指定第一点方式

指定第一个打断点：　　　　　　　　//捕捉打断点"1"，椭圆象限点

指定第二个打断点：　　　　　　　　//捕捉打断点"2"，命令结束

3) 打断于点

如图 3-22 所示，将 AB 直线在中点 P 打断。

操作步骤如下。

单击"修改"工具栏的 ▭ (打断)按钮。激活命令后，命令行提示如下。

命令：_break 选择对象：　　　　　//选择直线

指定第二个打断点或 [第一点(F)]：_f　//信息行

指定第一个打断点：　　　　　　　　//捕捉 AB 直线上中点 P

指定第二个打断点：@　　　　　　　//命令结束

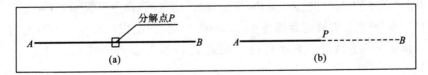

图 3-22　"打断于点"命令图例

　　提示：结束命令后，被打断于点 P 的实体以给定分界点为界分解为两个实体，其外观上没有任何变化。但是在修改线型时，明显可见 AB 直线以点 P 为界分解为两个实体。

3.3.14 chamfer 命令

1. 功能

chamfer(倒角)命令用于按指定的距离或角度在一对相交直线上倒角,也可在矩形、多边形各直线交点处同时进行倒角。

2. 命令的操作

命令激活后,命令行提示如下。

"[放弃(U)/多段线(P)/距离(D)/角度(A)/修剪(T)/方式(E)/多个(M)]:"
其中,各选项的含义如下。

(1) 放弃(U):放弃倒角操作命令。

(2) 多段线(P):输入 P 后,命令行提示"选择二维多段线:",在整个二维多段线的各个直线交点处同时进行倒角。

(3) 距离(D):输入倒角斜线的两段距离,这两个距离可以相同也可以不相同。

【例 3-12】 按指定距离方式绘制图 3-23(a)所示倒角。

操作步骤如下。

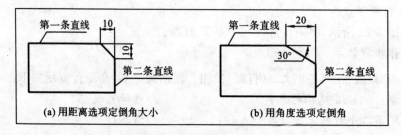

(a) 用距离选项定倒角大小　　　　　(b) 用角度选项定倒角

图 3-23 "倒角"命令图例

单击"修改"工具栏的 ⌐ (倒角)按钮,激活命令后,命令行提示如下。

("修剪"模式) 当前倒角距离 1=0.0000,距离 2=0.0000　　　　//信息行

选择第一条直线或 [多段线(P)/距离(D)/角度(A)/修剪(T)/方式(M)/多个(U)]:D↙

　指定第一个倒角距离〈0.0000〉:10↙　　　　//输入第一条直线上的倒角距离

　指定第二个倒角距离〈10.0000〉:10↙　　　　//输入第二条直线上的倒角距离

　选择第一条直线或[放弃(U)/多段线(P)/距离(D)/角度(A)/修剪(T)/方式(E)/多个(M)]:　　　　　　　　　　　　　//选择图中第一条直线

　选择第二条直线:　　　　　　　　//选择图中第二条直线,命令结束

（4）角度（A）：输入一段倒角距离和一个角度进行倒角操作。

【例 3-13】 按指定角度方式绘制图 3-24（c）所示倒角。

操作步骤如下。

单击"修改"工具栏的 ⬜ （倒角）按钮，输入"A"，命令行提示如下。

"指定第一条直线的倒角长度〈0.0000〉："　　//输入第一条直线上的倒角距离 20

"指定第一条直线的倒角角度〈0〉："　　　　//输入与第一条直线的角度 30

"选择第一条直线、选择第二条直线"　　　　//可用光标分别选择第一、二两条直线

结果如图 3-24（c）所示。

（5）修剪（T）：输入"T"，命令行提示"输入修剪模式选项［修剪（T）/不修剪（N）]〈修剪〉："，其"修剪"和"不修剪"的结果分别如图 3-24（b）、（c）所示。

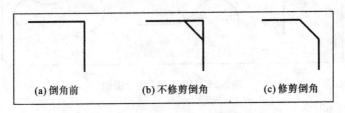

图 3-24　"倒角"命令中的修剪选项图例

（6）方式（E）：输入"E"，命令行提示"输入修剪方法［距离（D）/角度（A）]〈角度〉："，确定采用"距离"方式还是"角度"方式来倒角。

（7）多个（M）：输入一次命令可连续倒角。

3.3.15　fillet 命令

1. 功能

fillet（倒圆角）命令用于按指定半径在一对相交线段上画相切圆弧——倒圆角，也可对矩形、多边形各直线交点处同时进行倒圆角。

2. 命令的操作

激活命令后，命令行提示"［放弃（U）/多段线（P）/半径（R）/修剪（T）/多个（M）]："。其中，各选项的含义如下。

（1）放弃（U）：放弃圆角操作命令。

（2）多段线（P）：输入 P 后，命令行提示"选择二维多段线："，对整个二维多段线的各个直线交点处同时进行倒圆角操作。

（3）半径（R）：输入圆角的圆弧半径，进行倒圆角操作。

(4) 修剪(T)和多个(M):选项的含义同"倒角"命令。

圆弧是一种条件多变的图元,尽管 AutoCAD 2006 提供了 11 种画圆弧的方式,但在实际应用中却很难找到一种与已知条件相吻合的画法。图 3-25(b)所示的各圆弧连接图例均可用"倒圆角"命令来实现。

【例 3-14】 按指定圆角半径方式绘制图 3-25(b)所示圆弧。

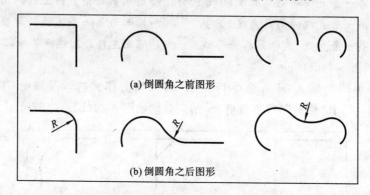

(a) 倒圆角之前图形

(b) 倒圆角之后图形

图 3-25 "倒圆角"命令图例

操作步骤如下。

单击"修改"工具栏上 (圆角)按钮,激活命令后,命令行提示如下。

当前设置:模式 = 修剪,半径= 0.0000   //信息行

选择第一个对象或 [放弃(U)/多段线(P)/半径(R)/修剪(T)/多个(M)]:R

指定圆角半径〈0.0000〉:   //根据已知条件,输入圆角半径值

选择第一个对象或 [多段线(P)/半径(R)/修剪(T)/多个(U)]

                                   //选择第一条直线或圆弧

选择第二个对象: //选择第二条线,命令结束

提示:将一直沿用所给圆角半径进行了倒圆角,直到改变它为止。

3.3.16 explode 命令

1. 功能

该命令可将矩形、正多边形、多段线、图块、剖面线、尺寸等含多项内容的一个实体分解成多个独立的实体。当只需要编辑这些实体中的某部分时,可先执行 explode (分解)命令分解实体。

2. 命令的操作

分解图 3-26(a)所示图形。

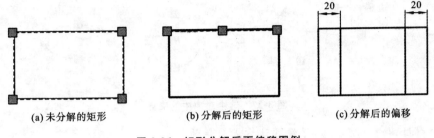

| (a) 未分解的矩形 | (b) 分解后的矩形 | (c) 分解后的偏移 |

图 3-26　矩形分解后再偏移图例

操作步骤如下。

单击"修改"工具栏的 ▨ (分解)按钮；激活命令后，命令行提示如下。

命令：_explode

选择对象：　　　　//选择要分解的矩形

选择对象：✓　　　//结束命令

提示：被分解的实体从外观上看没有任何变化，但在编辑时明显可见原实体已经分解为若干个实体。

图 3-26(a)所示的是用"画矩形"命令绘制的矩形；图 3-26(b)所示的是经分解命令处理过的矩形。由此可见，未分解的矩形是一个整体，分解后，矩形已变成 4 条独立的直线。

矩形分解为 4 条直线后，就可用偏移命令将图 3-26(b)所示图形画为图 3-26(c)所示图形。

3.4　夹点编辑

在 AutoCAD 2006 中，用户除了可用前面所介绍的修改命令对所选对象进行编辑，如移动、拉伸、旋转、复制、放大和镜像等外，还可以利用夹点编辑功能方便对选中的对象进行编辑，而不必激活前面所介绍的修改命令。

用户在"命令："状态下单击需要修改的图元，所选的对象呈虚线显示，并在所选对象的特征点上出现图 3-27 所示的一些蓝色夹点方框——在 AutoCAD 2006 中称为冷夹点。

将光标移到夹点上，单击，则冷夹点被激活，显示成红色方框——在 AutoCAD 2006 中称为热夹点，此时命令行提示如下。

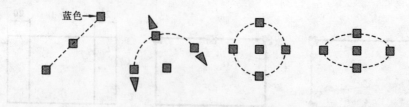

蓝色→

图 3-27   选中对象中的夹点

** 拉伸 **   //系统默认方式为拉伸

指定拉伸点或 [基点 (B) /复制 (C) /放弃 (U) /退出 (X)] ://指定拉伸的新位置

在出现热夹点后,连续按回车键或空格键,可在命令行看到各编辑选项的切换,各选项的含义和功能如下。

** 移动 **   //选择镜像方式

指定移动点或 [基点 (B) /复制 (C) /放弃 (U) /退出 (X)] :

　　　　　　　　//对所选对象进行位移操作

** 镜像 **   //选择镜像方式

指定第二点或 [基点 (B) /复制 (C) /放弃 (U) /退出 (X)] :

　　　　　　　　//将所有选中的对象以夹点或基点为对称轴线上的一个点,指
　　　　　　　　　定对称轴线上的第二个点,进行对象的镜像操作

** 旋转 **   //选择镜像方式

指定旋转角度或 [基点 (B) /复制 (C) /放弃 (U) /参照 (R) /退出 (X)] :

　　　　　　　　//将所有选中的对象绕夹点或基点按指定旋转角度,进行对象
　　　　　　　　　的旋转操作

** 比例缩放 ** //选择比例缩放方式

指定比例因子或 [基点 (B) /复制 (C) /放弃 (U) /参照 (R) /退出 (X)] :

　　　　　　　　//将所有选中的对象以夹点或基点为参照,按指定比例因子进
　　　　　　　　　行比例缩放操作。输入的比例因子大于 1 时,选中的对象被
　　　　　　　　　放大;输入的比例因子小于 1 时,选中的对象被缩小

　　以上各编辑选项的切换也可以通过快捷菜单进行。在所选对象的冷夹点被激活后,将光标移到热夹点显示框上,右击,可弹出图 3-28 所示的快捷菜单。编辑时,可根据需要进行选择。

　　提示:若打开动态显示,则在移动夹点时,长度和角度值将动态更新。图 3-29 所示的为拉伸和移动时的动态显示的信息。

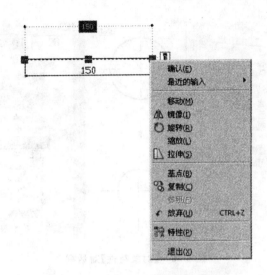

图 3-28　夹点操作时的右键快捷菜单

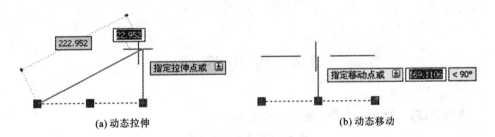

(a) 动态拉伸　　　　　　　　　　　(b) 动态移动

图 3-29　夹点操作时的动态显示

3.5　对象特性管理器

在 AutoCAD 2006 中,用户还可以通过"对象特性管理器"对所选对象的特性进行修改和编辑。

可以通过以下几种方式激活命令。

(1) 单击█按钮。

(2) 选择菜单的"修改"→"特性"命令。

(3) 从命令行输入"properties"命令。

激活命令后,弹出【对象特性】对话框,如图 3-30 所示,可在该对话框中对所选圆

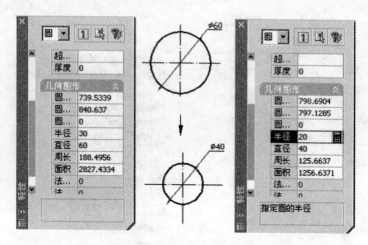

图 3-30　【对象特性】对话框

的半径进行修改和编辑。有关线型、文字和尺寸偏差的修改方法将在后面有关章节中介绍。

3.6　应用实例

【例 3-15】　绘制如表 3-2 所示的常用图形符号。

表 3-2　常用图形符号表

序号	图形符号	说　明	序号	图形符号	说　明
1		开关（机械式）	6		跌落式熔断器
2		接触器	7		避雷器
3		按钮开关	8		电抗器

序号	图形符号	说　明	序号	图形符号	说　明
4		断路器	9		变压器
5		熔断器一般符号	10		双绕组变压器

　　首先打开【草图设置】对话框并对参数进行设置,可参考图 3-31 进行设置。以下绘图操作是在参数设置的基础上进行的。

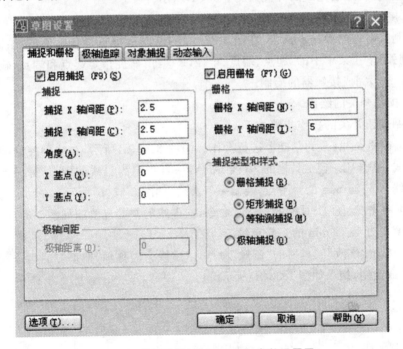

图 3-31　草图设置(捕捉和栅格)参数设置图

1) 机械式开关的绘制

操作步骤如下。

(1) 单击"绘图"工具栏的"直线"命令,画一条长度为 15 mm 的垂线,如图 3-32 (a)所示。

(2) 单击"绘图"工具栏的"直线"命令,在距上下端各 5 mm 处画两条水平直线,

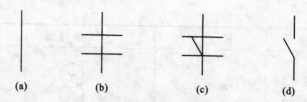

图 3-32 机械式开关的绘图

如图 3-32(b)所示。

（3）单击"绘图"工具栏的"直线"命令，一个端点指定为其下的垂直交点，另一个端点指定为距垂线左侧 2.5 mm 处，画一条斜线，如图 3-32(c)所示。

（4）单击"修改"工具栏的"修剪"命令，以两条水平直线为修剪边，修剪掉它们之间的垂直线段，绘制完成的开关如图 3-32(d)所示。

2）接触器的绘制

绘制接触器的操作步骤为：在图 3-32(d)的基础上进行操作。单击"绘图"工具栏的"圆弧"下拉菜单中的"起点、端点、半径(R)"，用捕捉指定起点和端点，输入半径为 1.25 mm，完成接触器的绘制。

3）按钮开关的绘制

绘制按钮开关的操作步骤如下。

（1）在图 3-32(d)的基础上进行操作。如图 3-33(a)所示，在线型控制中设置线型为虚线，单击"绘图"工具栏的"直线"命令，一点指定为斜线的中点，另一点指定为距垂直线为 6.25 mm 的水平点，绘制一条虚线，如图 3-33(b)所示。

（2）单击"绘图"工具栏的"直线"命令，在虚线的左端点绘制如图 3-33(c)所示的两条长度均为 1.25 mm 的正交直线。

（3）单击"修改"工具栏的"镜像"命令，以虚线为对称轴，把正交的两条直线复制一份，完成绘制，结果如图 3-33(d)所示。

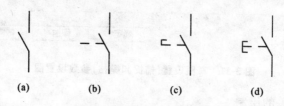

图 3-33 按钮开关绘图步骤

4）断路器的绘制

绘制断路器的操作步骤如下。

（1）在图 3-32(d)的基础上进行操作，如图 3-34(a)所示，单击"绘图"工具栏的

"直线"命令,将上垂线的下端点指定为第一点,输入水平直线的长度为 1.25 mm,如图 3-34(b)所示。

(2) 单击"修改"工具栏的"镜像"命令,以垂直线为对称轴,把长度为 1.25 mm 的水平直线对称复制一份,如图 3-34(c)所示。

(3) 单击"修改"工具栏的"旋转"命令,将水平直线旋转 45°,如图 3-34(d)所示。

(4) 单击"修改"工具栏的"镜像"命令,以垂直线为对称轴,把旋转后的直线复制一份,完成绘制,结果如图 3-34(e)所示。

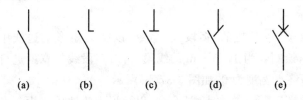

图 3-34　断路器绘图步骤

5) 熔断器一般符号的绘制

绘制熔断器一般符号的操作步骤如下。

(1) 单击"绘图"工具栏的"矩形"命令,绘制一长为 10 mm、宽为 5 mm 的矩形,如图 3-35(a)所示。

(2) 单击"绘图"工具栏的"直线"命令,捕捉距离矩形左边线 5 mm 处作为第一点,绘制长为 20 mm 的水平直线,绘制完成的熔断器如图 3-35(b)所示。

图 3-35　熔断器一般符号绘图步骤

6) 跌落式熔断器的绘制

绘制跌落式熔断器的操作步骤如下。

(1) 在图 3-35(a)的基础上进行操作。单击"修改"工具栏的"旋转"命令,以图 3-36(a)中水平线的左端点为基点,旋转 120°,如图 3-36(b)所示。

(2) 单击"绘图"工具栏的"直线"命令,捕捉点 A、B,分别绘制长为 10 mm 的垂直线,如图 3-36(c)所示。

(3) 单击"绘图"工具栏的"直线"命令,以 B 为基点,向左向右绘制两条长为 2.5 mm 的水平直线,绘制完成的跌落式熔断器如图 3-36(d)所示。

7) 避雷器的绘制

绘制避雷器的操作步骤如下。

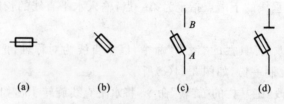

图 3-36　跌落式熔断器绘图步骤

（1）单击"绘图"工具栏的"矩形"命令，绘制一宽为 10 mm、高为 20 mm 的矩形，如图 3-37（a）所示。

（2）单击"绘图"工具栏的"多段线"命令，以距离矩形上边线中点垂直向上 10 mm 处作为起点，绘制长为 17.5 mm 的线段，再对多段线的宽度进行设置，设置起点宽度为 2.5 mm，终点宽度为 0，如图 3-37（b）所示。

（3）单击"绘图"工具栏的"直线"命令，以矩形下边线中点为起点绘制长为 5 mm 的直线，如图 3-37（c）所示。

（4）单击"修改"工具栏的"分解"命令，选中矩形进行分解。单击"修改"工具栏的"复制"命令，选中矩形的下边线作为复制对象，以该边中点作为基点复制到图 3-37（c）中的最下边垂线的端点处。继续复制两条线，如图 3-37（d）所示。

（5）单击"绘图"工具栏的"直线"命令，绘制两条相交的斜线，如图 3-37（e）所示。

（6）单击"修改"工具栏的"修剪"命令，以两条斜线为边界，修剪掉多余的部分，再删除该斜线。至此绘制完成，如图 3-37（f）所示。

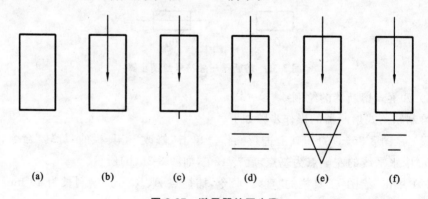

图 3-37　避雷器绘图步骤

8）电抗器的绘制

绘制电抗器的操作步骤如下。

（1）单击"绘图"工具栏的"圆"命令，绘制半径为 10 mm 的圆，如图 3-38（a）所示。

（2）单击"绘图"工具栏的"直线"命令，绘制三条直线，如图 3-38（b）所示。

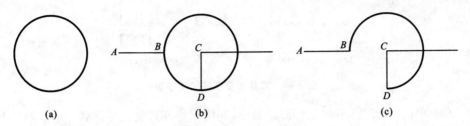

图 3-38 电抗器绘图步骤

（3）单击"修改"工具栏的"修剪"命令，以 AB 和 CD 为边界，修剪掉圆的 BD 段。完成绘制后的结果如图 3-38（c）所示。

9）变压器的绘制

绘制变压器的操作步骤如下。

（1）单击"绘图"工具栏的"圆"命令，绘制半径为 10 mm 的圆，利用"复制"命令复制一个圆，如图 3-39（a）所示。

（2）单击"绘图"工具栏的"直线"命令，以上圆的圆心为起点、下圆的第二象限点为终点，绘制一条直线，如图 3-39（b）所示。

（3）单击"修改"工具栏的"阵列"命令，利用环形阵列复制直线，如图 3-39（c）所示。

（4）单击"绘图"工具栏的"正多边形"命令，绘制一正三角形放在下圆的合适位置。完成绘制后的结果如图 3-39（d）所示。

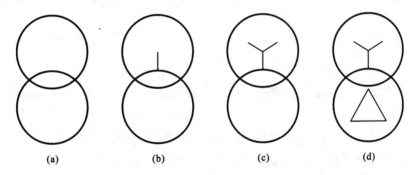

图 3-39 变压器绘图步骤

10）双绕组变压器的绘制

绘制双绕组变压器的操作步骤如下。

（1）单击"绘图"菜单栏的"圆弧"命令，选中"圆弧"子菜单中的"起点、端点、半径（R）"，绘制一半圆弧，如图 3-40（a）所示。

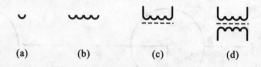

图 3-40　双绕组变压器绘图步骤

（2）单击"修改"工具栏的"阵列"命令，利用矩形阵列复制半圆弧，如图 3-40（b）所示。

（3）单击"绘图"工具栏的"直线"命令，绘制三条直线，其中水平直线设置为虚线段，如图 3-40（c）所示。

（4）单击"修改"工具栏的"镜像"命令，以水平虚线段为对称轴复制上边绕组。完成绘制后的结果如图 3-40（d）所示。

【例 3-16】　绘制 LC 型音调调节器原理图。

绘图步骤如下。

（1）电容符号的绘制。

① 单击"绘图"工具栏的"直线"命令，绘制长为 10 mm 的垂直线，以该垂直线的中点作为起点，向左绘制一长为 10 mm 的水平线，如图 3-41（a）所示。

② 单击"修改"工具栏的"镜像"命令，将图 3-41（a）镜像为图 3-41（b），完成绘制。

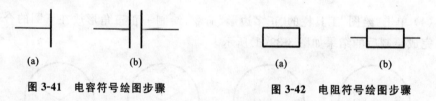

图 3-41　电容符号绘图步骤　　　　图 3-42　电阻符号绘图步骤

（2）电阻符号的绘制。

① 单击"绘图"工具栏的"矩形"命令，绘制长为 10 mm、宽为 5 mm 的矩形，如图 3-42（a）所示。

② 单击"绘图"工具栏的"直线"命令，以矩形的左、右边线的中点为起点，分别绘制两条长为 5 mm 的直线。绘制完成后的结果如图 3-42（b）所示。

（3）三极管符号的绘制。

① 单击"绘图"工具栏的"直线"命令，绘制长为 15 mm 的垂直线，如图 3-43（a）所示。

② 单击"绘图"工具栏的"直线"命令，绘制一斜线，该斜线的倾斜角度为 45°，如图 3-43（b）所示。

③ 单击"修改"工具栏的"镜像"命令，斜线镜像后如图 3-43（c）所示。

④ 单击"绘图"工具栏的"多段线"命令,沿发射极斜线画箭头。其起点宽度为 0,中点宽度为 1.25 mm,长度为 2 mm,角度为 145°。绘制完成后的结果如图 3-43(d)所示。

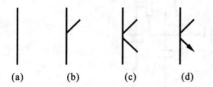

图 3-43　三极管符号绘图步骤

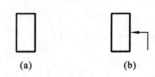

图 3-44　可调变阻器符号绘图步骤

（4）可调变阻器符号的绘制。

① 单击"绘图"工具栏的"矩形"命令,绘制长为 10 mm、宽为 5 mm 的矩形,如图 3-44(a)所示。

② 单击"绘图"工具栏的"多段线"命令,以矩形右边线中点为起点,设置起点宽度为 0、中点宽度为 1.25 mm、长度为 3 mm,绘制一水平箭头;再重新设置多段线的宽度,起点和终点宽度都为 0,绘制长为 5 mm 的水平直线;最后绘制一长为 10 mm 的垂直线。绘制完成后的结果如图 3-44(b)所示。

（5）电感符号的绘制。

参考【例 3-15】中双绕组变压器符号的绘制。

（6）插入电气符号,如图 3-45 所示。

（7）单击"绘图"工具栏的"直线"命令,画连接线。完成后的 LC 型音调调节器如图 3-46 所示。

【例 3-17】　绘制高压侧装隔离开关断路器的变电所主接线图。

该图中的电气符号,如隔离开关、断路器、变压器、熔断器、避雷器的绘制可参考【例 3-15】。

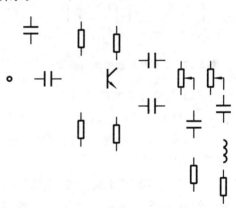

图 3-45　元件布置图

绘图步骤如下。

（1）进线和出线的绘制。

① 单击"绘图"工具栏的"多段线"命令,设置起点宽度为 0、中点宽度为 1.25 mm、长度为 3 mm,绘制一垂直箭头;再重新设置多段线的宽度,其起点和终点宽度都为 0,绘制长为 5 mm 的垂直向上的直线。绘制完成后的结果如图 3-47(a)所示。

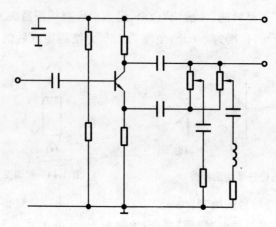

图 3-46   LC 型音调调节器原理图

② 单击"修改"工具栏的"镜像"命令,用矩形阵列来完成图 3-47(b)的绘制。设置矩形的行数为 1,列数为 6,列偏移为 5 mm,绘制完成后的结果如图 3-47(b)所示。

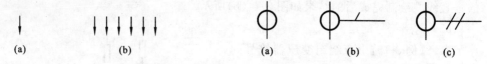

| (a) | (b) | (a) | (b) | (c) |

图 3-47   进线和出线的绘图步骤   　　**图 3-48   电流互感器绘图步骤**

(2)电流互感器的绘制。

① 单击"绘图"工具栏的"圆"命令,绘制一半径为 2.5 mm 的圆,打开"对象追踪"选项卡,单击"绘图"工具栏的"直线"命令,绘制经过圆心的直线,其长为 10 mm,如图 3-48(a)所示。

② 单击"绘图"工具栏的"直线"命令,以圆的第一象限点为起点绘制一长为 12.5 mm 的直线,重复画直线的命令,在距离圆的第一象限点 5 mm 处绘制一斜线,如图 3-48(b)所示。

③ 单击"修改"工具栏的"复制"命令,把斜线段复制为如图 3-48(c)所示。

(3)插入电气符号,如图 3-49(a)所示。

(4)单击"修改"工具栏的"复制"命令,复制单相变压器,如图 3-49(b)所示。

(5)单击"绘图"工具栏的"直线"命令,连接电气符号,在 A 点处绘制实心圆,单击"绘图"工具栏的"圆环"命令,设置圆环的内径为 0,外径为 1 mm,如图 3-50所示。

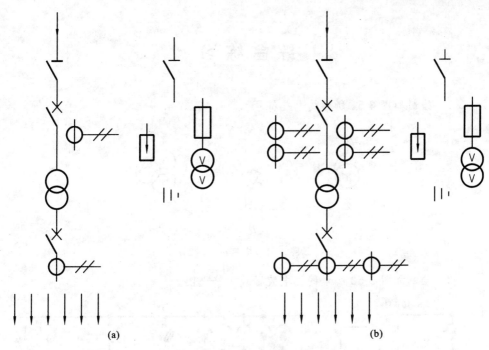

(a)　　　　　　　　　　　　　　　(b)

图 3-49　插入电气符号图

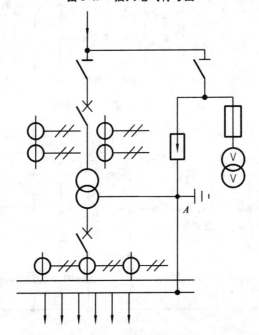

图 3-50　高压侧装隔离开关断路器的变电所主接线图

综合练习

3-1 绘制如图 3-51 所示的电气符号。

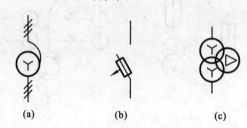

(a)　　　　　　(b)　　　　　　(c)

图 3-51　电气符号图

3-2 绘制如图 3-52 所示的配电装置式主接线图。

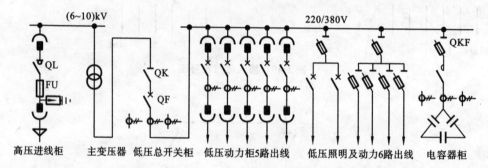

图 3-52　配电装置式主接线图

3-3 绘制如图 3-53 所示的晶体管停振型接近开关电路图。

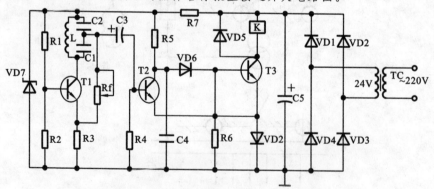

图 3-53　晶体管停振型接近开关电路图

3-4　绘制如图 3-54 所示的转子串频敏变阻器启动控制线路图。

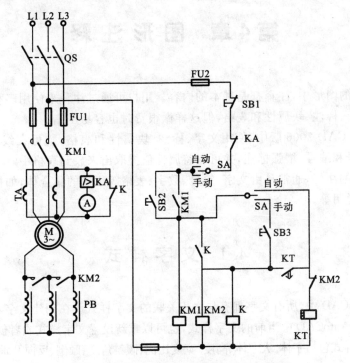

图 3-54　转子串频敏变阻器启动控制线路图

第4章　图形注释

在所有的图形中，注释都是基本的内容。用户可通过注释来使用多种 AutoCAD 对象，如文字、标注、块属性和表格，但这样做很费时也容易出错。

在 AutoCAD 2006 版中，使用文字、标注、块属性和表格，均可在线进行文字编辑、项目符号和编号、增强标注，并可以将属性值提取出来放到表格中。

工程图的注释，通常是由文字、符号、数字、表格等组成的集合体，如标题栏、技术要求、设计说明等。

4.1　文字样式

在 AutoCAD 中，所有文字都有与之相关联的文字样式。在创建文字对象时，用户既可以使用 AutoCAD 中当前的文字样式，也可以重新设置文字样式或者创建新的文字样式。文字样式包括字体、大字体、高度、宽度比例、倾斜角度、颠倒、反向及垂直等参数。

4.1.1　【文字样式】对话框

【文字样式】对话框如图 4-1 所示，可以通过选择菜单栏中的"格式"→"文字样式"选项和在命令行中输入 STYLE 命令（或快捷命令 ST）两种方法打开。

利用【文字样式】对话框可以定义文字的样式，其中各选项的含义和功能如表4-1所示。

表 4-1　【文字样式】对话框中各选项的含义和功能

设　置	默　认	说　明
样式名	standard	AutoCAD 只提供一种默认的文字样式
字体	txt. shx	字符形文件 txt. shx，只有已注册的 Truetypz 字体及 AutoCAD 字体(.shx)才能出现在下拉列表框中
大字体	无	用于非 ASCII 字符集，如定义的中文的特殊造型文件。只有选用大字体，才能使用 chineset. shx 中文单线字体，此时 Windows 反而不支持使用的 Truetypz 字体

续表

设　置	默　认	说　明
高度	0	字符高度(若输入值不为 0,则输入文字时将不提示文字高度选项)
宽度比例	1	字符的纵横比(比例大于 1,字体变宽;反之,字体变窄)
倾斜角度	0	字体倾斜(输入角度值为正值时字体向右倾斜,输入角度值为负值时字体向左倾斜,0 时不倾斜,其角度值的范围为 $-85°\sim+85°$)
反向	无	左右反向文字
颠倒	无	上下颠倒文字
垂直	无	垂直或水平排列文字

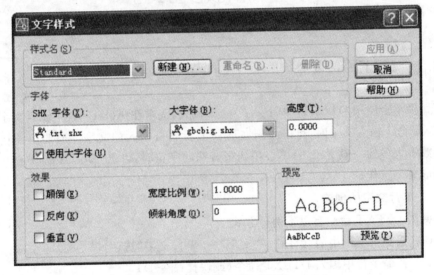

图 4-1　【文字样式】对话框

4.1.2　建立文字样式

单击【文字样式】对话框中的"新建"按钮,系统会弹出【新建文字样式】对话框,如图 4-2 所示。AutoCAD 会自动建立名为"样式 n"的样式名($n=1,2,3,\cdots$),用户可以直接采用此样式;若不采用此样式,则可以在"样式名"文本框中输入自己定义的样式名。样式名的长度可达 255 个字符,包含字母、数字以及某些特殊字符。

在"样式名"文本框中输入新的文字样式名后,单击"确定"按钮即可创建新文字

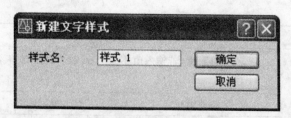

图 4-2 【新建文字样式】对话框

样式。如果对文字样式进行了改变，则可以选择"应用"按钮存储变化结果。用户虽然可以在一张图纸中建立多种文字样式，但只能选择其中一种作为当前文字样式。

4.2 单行、多行文字

4.2.1 DTEXT 命令

如果不会使用 DTEXT（单行文字）命令，那么很难在 AutoCAD 中输入文字。由 DTEXT 命令输入文字时，可以立刻在屏幕上看到所输入的文字。当要单纯输入一些字数不太多的一般文字，且不会用到很特殊的字符时，可以使用 DTEXT 命令来完成图形文字工作。

1. 单行文字的创建

调用 DTEXT 命令有以下两种方式。

（1）选择菜单栏中的"绘图"→"文字"→"单行文字"选项；

（2）在命令行中输入 DTEXT 命令（或快捷命令 DT）。

DTEXT 命令的选项说明如图 4-3 所示。

【例 4-1】 以"起点"方式来使用宋体标注"单行文字"这 4 个字，并说明单行文字的创建方法。

操作过程如下。

（1）调用"单行文字"命令。

（2）从命令行窗口输入以下内容。

"命令：

DTEXT

当前文字样式：Standard 当前文字高度：2.5000

指定文字的起点或 [对正 (J)/样式 (S)]:j

输入选项

[对齐 (A)/调整 (F)/中心 (C)/中间 (M)/右 (R)/左上 (TL)/中上 (TC)/右上 (TR)/左中 (ML)/正中 (MC)/右中 (MR)/左下 (BL)/中下 (BC)/右下 (BR)]:C

指定文字的中心点 (鼠标指定一个点)

指定文字的高度〈2.5000〉:2.5

指定文字的旋转角度〈0〉:30"

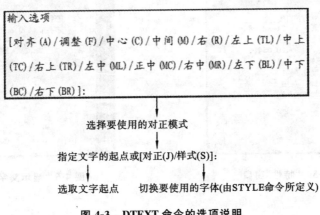

图 4-3　DTEXT 命令的选项说明

（3）输入文字"单行文字"。

执行后的结果如图 4-4 所示。

2. 单行文字的编辑

在使用"单行文字"命令创建文字后,可以像对其他对象一样进行编辑,如复制、移动、旋转等,同时还可以修改文字的插入点、文字样式、对齐样式、字符大小、方位效果及文字内容。

图 4-4　单行文字的创建

1）文字的编辑

编辑单行文字最快捷的方法是双击需要编辑的文字,这样光标就会在单行文字对象处闪动,然后可以根据需要对文字进行修改。

2）修改文字特性

用户可以使用对象特性管理器来修改文字的多种特性。选中需要修改特性的文字,单击鼠标右键,从弹出的快捷菜单中选中"特性"选项,弹出"特性"窗口,如图 4-5、图 4-6 所示。用户可以根据"特性"窗口的内容对文字特性进行相应的修改。

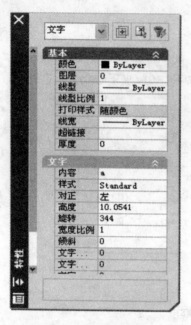

图 4-5 "特性"窗口

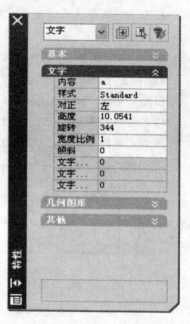

图 4-6 显示文字特性

4.2.2 MTEXT 命令

MTEXT(多行文字)命令与 DTEXT 命令的不同之处在于:用 DTEXT 命令输入文字后可以马上显示出结果;而用 MTEXT 命令输入文字时则要将文字全部输入后才能显示出来。和 DTEXT 命令相比,用 MTEXT 命令处理大量文字或文字间的不同需要字体时会更有效率。MTEXT 命令可以用来写出可多行编辑的文字串,以此命令写成的文字串称为 MTEXT 图素。这种性质的文字串在移动和复制的速度上要较传统的用 DTEXT 命令输入的文字稍快且更容易编辑。当要输入的字很多或会用到一些特殊的字符时,建议使用 MTEXT 命令来完成为图形创建文字的工作。

1. 多行文字的创建

执行"多行文字"命令后,可以使用鼠标在文字输入位置指定文字输入的矩形区域,然后拉出一矩形框,单击"确定"按钮后,弹出【多行文字编辑器】对话框。该对话框包括"文字格式"工具栏(见图 4-7)和文字编辑器。

"文字格式"工具栏提供了常用的文字格式调整工具,文字编辑器用于输入文字对象。用户可以根据需要对文字格式进行相应设置,在文字编辑区域内单击鼠标右键,可弹出多行文字编辑快捷菜单,选择"对正"选项后弹出对齐方式下拉菜单,选择

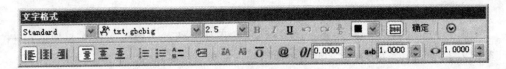

图 4-7 "文字格式"工具栏

文字在文字输入区域的对齐方式,如图 4-8 所示。可在文字输入区域内输入文字,也可对文字的大小、字体、效果等进行修改。

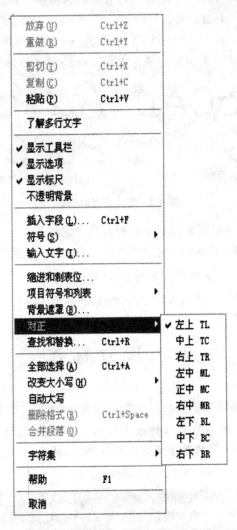

图 4-8 多行文字对齐方式

2. 多行文字的编辑

作为 AutoCAD 2006 的基本图形对象,前面所介绍的一般编辑操作仍然适用于多行文字的编辑。在单行文字编辑中使用的一些命令也同样适用于多行文字的编辑。

当用户选择编辑的文字对象是多行文字时,AutoCAD 2006 会弹出【多行文字编辑器】对话框。在该对话框中,可以方便地对多行文字进行设置等操作,如对字体、高度、加粗、倾斜等进行设置。

对多行文字对象还可以先分解再进行有关的编辑操作,而单行文字是 AutoCAD 2006 的基本图形对象,不能分解。

多行文字分解后,每一行文字都可以转化为一个独立的单行文字对象,同一行不同样式的文字也可以转化为不同的单行文字对象,如图 4-9 所示。

AutoCAD AutoCAD
2006 ▪ 2006

(a) 分解前　　　　　　　　　　　　　　(b) 分解后

图 4-9　多行文字的分解

调用 MTEXT 命令可以通过如下几种方法完成操作。

(1) 选择菜单栏中的"绘图"→"文字"→"多行文字"选项。

(2) 单击"绘图"工具栏的 **A** (多行文字)按钮。

(3) 在命令行中输入"MTEXT"命令(或快捷命令 MT)。

4.3　尺　寸　标　注

AutoCAD 2006 提供了很强的尺寸标注功能,可为用户节省宝贵的时间,减少绘图的错误。AutoCAD 2006 在尺寸标注中新增了不少功能,使得用户在绘制图形时能够方便地利用工具栏、下拉菜单或命令标注图形,或者修改已经存在的标注对象。AutoCAD 2006"标注"工具栏如图 4-10 所示。

图 4-10　"标注"工具栏

"标注"工具栏中各图标、下拉菜单和命令的对应关系及功能如表 4-2 所示。

表 4-2 "标注"工具栏中各图标中英文命令的对应关系及功能

图　标	英文命令	中文菜单	功　能
	Dimlinet	线性(L)	标注实体在当前坐标系下 X 轴和 Y 轴方向上的尺寸
	Dimaligned	对齐(G)	标注实体斜向的长度尺寸
	Dimarc	弧长	标注圆弧的长度尺寸
	Dimoronate	坐标(O)	标注某个点的坐标值
	Dimraoius	半径(R)	标注圆或圆弧的半径尺寸,数值前有半径符号"R"
	Dimjogged	折弯(J)	标注较大圆或圆弧的半径尺寸
	Dimdiameter	直径(D)	标注圆或圆弧的半径尺寸,数值前有"Φ"
	Dimangular	角度(A)	标注角度尺寸,数值右上有角度符号"°"
	Qdim	快速标注(Q)	实现对多个对象的快速连续标注、基线标注、半径标注等
	Dimbaseline	基线(B)	从一个基线出发标注多个正向线性尺寸,从里到外布置
	Dimcontinue	连续(C)	连续标注多个正向线性尺寸,布置在一条直线上
	Qleader	引线(E)	可标注小孔等小尺寸,也可标注形位公差和文字注释
	Tolernce	形位(T)	单击"标注"按钮弹出【形位公差】对话框,标注形位公差的符号和数值
	Dimcenter	圆心标记(M)	标记圆和圆弧的圆心
	Dimedit	编辑尺寸	可使用多行文字编辑器修改文本、指定尺寸界限的倾角、指定文本的旋转角等
	Dimtedit	对齐文字(T)	动态显示尺寸文本位置,可调整文本位置尺寸,也可确定选择项

续表

图 标	英文命令	中文菜单	功 能
	Dimstyle	更新(U)	用图标或菜单命令更新已标注的尺寸
ISO-25		标注样式控制	显示当前样式,从下拉列表中选择已经设置好的尺寸标注样式
		标注样式管理器	单击"标注样式管理器"按钮进入【标注样式管理器】对话框,在此可设置新样式或修改、替代原有样式

4.3.1 尺寸标注的组成

一个完整的尺寸标注由尺寸线、尺寸界线、尺寸箭头和尺寸文本等 4 部分组成,有时还包括圆心标记、引线和标注定义点。通常 AutoCAD 把尺寸的尺寸线、尺寸界限、尺寸箭头、尺寸文本以块的形式放在图形文件中,一个尺寸为一个对象,如图4-11所示。

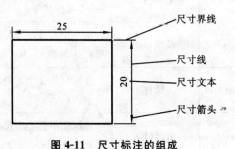

图 4-11 尺寸标注的组成

1. 尺寸线

尺寸线可以是一条两端带箭头的线段或两条带单箭头的线段。进行角度标注时,尺寸线是两端带箭头的一条弧线或带单箭头的两条弧线。

2. 尺寸界线

为了标注清晰,可以使用尺寸界线将尺寸引到实体之外。尺寸界线通常出现在标注对象的两端,表示尺寸线的开始和结束。尺寸界线一般从标注定义点引出,超出尺寸线一定的距离,将尺寸线标注在图形之外。在复杂图形的尺寸标注中,可以用中心线或者图形轮廓线来代替尺寸界线。

3. 尺寸箭头

尺寸箭头用来指定尺寸线的两端。它通常出现在尺寸线与尺寸界线的两个交点上，表示尺寸线的起始位置以及尺寸线相对于图形实体的位置。AutoCAD 提供了多种箭头供用户选择，机械制图中多使用实心箭头，工程制图中多使用斜线来代替箭头。

4. 尺寸文本

尺寸文本用来标明两个尺寸界线之间的距离或角度。它可以是基本尺寸，也可以是带公差的尺寸。

5. 圆心标记

圆心标记是一个短小的十字形交叉线，用来表示圆或圆弧的中心位置。

6. 引线

引线用来指引注释性文字，一般由箭头和两条成一定角度的线段组成。

7. 标注定义点

标注定义点是用户标注图形对象的端点，也可能作为尺寸界线的端点。标注定义点是隐形的，当拾取尺寸标注整体对象时，标注定义点会作为夹点显示出来，可以使用夹点编辑进行操作。

4.3.2　尺寸标注的操作步骤

在 AutoCAD 2006 中，创建尺寸标注通常是先创建标注样式，再进行尺寸标注，其操作步骤如下。

（1）打开菜单中的"标注"→"标注样式"选项，系统会弹出【标注样式管理器】对话框。

（2）在【标注样式管理器】对话框中，单击"新建"按钮，系统会弹出【创建新标注样式】对话框。

（3）在【创建新标注样式】对话框中，用户可以为要新建的标注样式命名，还可以为新建样式选择一个已经存在的标注样式作为模板。这个标注样式称为基础样式，系统默认的基础样式是 ISO-25。

（4）在【创建新标注样式】对话框中单击"继续"按钮，进入【新建标注样式】对话框。

（5）【新建标注样式】对话框分为 7 个选项卡："直线"、"符号和箭头"、"文字"、"调整"、"主单位"、"换算单位"和"公差"。

系统默认设置为基础样式，用户可以在这个基础上修改其中的若干项目，使其符合标注要求，完成后单击"确定"按钮。

（6）系统重新弹出【标注样式管理器】对话框，依次单击"置为当前"、"关闭"按钮,完成标注样式的创建。

（7）使用标注工具或标注菜单命令在图形上进行标注。

4.3.3 尺寸标注的类型及其标注

AutoCAD 尺寸标注的类型有很多种,主要有线性标注、对齐标注、基线标注、连续标注、角度标注、半径标注、直径标注、快速标注、引线标注等。

1. 线性标注

线性标注(Dimlinet)命令用来标注坐标系 XY 平面中两点之间的距离。它可以通过指定标注定义点或通过指定标注对象的方法进行标注,如水平尺寸、垂直尺寸、旋转尺寸都可以使用线性标注。

选择"标注"→"线性"菜单项,或单击"标注"工具栏上的 ⊞ 按钮,均可启动"线性标注"命令。

按照 AutoCAD 给出的命令行提示,可以捕捉两条尺寸界线的标注定义点,系统给出标注选项的提示为:

"选择标注对象:"

单击要标注的对象,系统提示:

"指定尺寸线位置或

[多行文字(M)/文字(T)/角度(A)/水平(H)/垂直(V)/旋转(R)]:"

此时可以通过指定标注线的位置或输入选项中的字母来编辑标注文字。

（1）在命令行中输入"M",按回车键后启动"多行文字编辑器"。其中尖括号(⟨⟩)中的值表示计算出来的测量值。在"多行文字编辑器"中,在尖括号的前面或后面输入文字,表示在标注文字的前面或后面添加文字。要想替换标注文字,可以先删除尖括号,然后输入新文字,最后单击"确定"按钮。

（2）调用 T 选项可以通过在命令行中输入文字来替换原来的文字,按回车键就能在标注文本中显示新的文字。

（3）调用 A 选项可以由用户指定设置标注文字的旋转角度。

（4）使用线性标注时,AutoCAD 会基于当前光标的位置自动创建一个水平的或垂直的测量值,用户也可以调用 H 或 V 选项明确指定线性标注是水平的或垂直的标注。

（5）调用 R 选项可指定标注测量的旋转角度。

标注文字选项设置完成之后,用户就可以使用鼠标在绘图区域中指定标注尺寸线的位置,当 AutoCAD 提示"标注文字＝×××"时,表明该线性标注的创建已经完成。线性标注各选项的标注效果如图 4-12 所示。

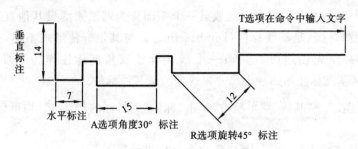

图 4-12　线性标注各选项的标注效果

2. 对齐标注

在绘图过程中,常常需要标注某一条倾斜线段的实际长度,而不是某一方向上线段两端点的坐标差值,这就是对齐标注(Dimaligned)。如果用户需要得到线段的实际长度,又不能得到线段的倾斜角度,就需要使用对齐标注的功能。

启用对齐标注的方法:选择"标注"→"对齐"菜单项,或单击"标注"工具栏上的 按钮。

对齐标注过程与线性标注过程类似,只是在对齐标注过程中,尺寸线与尺寸界线引出点的连线平行,因此标注文字显示的长度是标注线段的实际距离。

按照 AutoCAD 给出的命令行提示,可以在捕捉两条尺寸界线的标注定义点后按回车键。系统给出标注选项的提示如下。

"指定尺寸线位置或

[多行文字(M)/文字(T)/角度(A)]:"

如果需要修改标注文字的内容和旋转角度,则用户可以参照线性标注的方法进行操作。最后用鼠标在绘图区域内指定标注尺寸线的位置,完成标注的操作。对齐标注各选项的标注效果如图 4-13 所示。

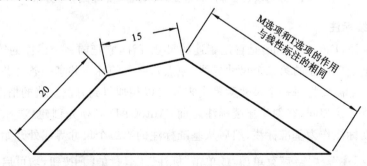

图 4-13　对齐标注各选项的标注效果

3. 基线标注

在工程绘图中,常以一条直线或某一个平面作为基准来测量其他直线或平面到该基准的距离,这就是基线标注(Dimbaseline)。与其他标注形式不同,在创建基线标注之前,必须先创建(或选择)一个线性标注或角度标注作为基准标注,然后AutoCAD从基准标注的第一个尺寸界线处测量基线标注。

选择"标注"→"基线"菜单项,或单击"标注"工具栏的 $\boxminus$ 按钮,均可启动"基线标注"命令。

调用"基线标注"命令后,系统给出命令行提示如下。

"指定第二条尺寸界线原点或 [放弃(U)/选择(S)]〈选择〉:"

用户可以直接用光标选择下一个标注定义点,也可以按回车键后用光标选择下一个要标注的实体对象。调用 S 选项可以由用户重新指定基准。

选择标注定义点之后,AutoCAD 会给出如"标注文字=×××"的尺寸长度的提示,并再次给出下一步的提示,用户可以按提示操作继续创建标注,直到完成标注操作后按下回车键结束命令。

标注过程中,AutoCAD 会自动将当前标注放置在前一个标注之上,两者之间的距离是在【标注样式】对话框的"直线"选项卡中指定的基线间距。分别以线性标注和角度标注为基准的基线标注效果如图 4-14 所示。

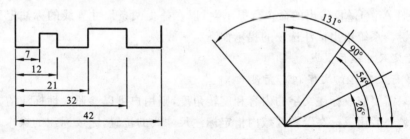

图 4-14 分别以线性标注和角度标注为基准的基线标注效果

4. 连续标注

连续标注(Dimcontinue)是首尾相连的尺寸标注,它把前一个标注的第二个尺寸界线作为下一个标注的第二个尺寸界线(原点),所有的标注共享一条公共的尺寸线。连续标注用于需要将每一个尺寸测量出来并可以相加得到总测量值的情况。

与基线标注相同,在创建连续标注之前,AutoCAD 必须先创建(选择)一个线性标注或角度标注作为基准标注,然后从基准标注的第二个尺寸界线处开始连续标注。

选择"标注"→"连续"菜单项,或单击"标注"工具栏的 $\boxed{\top\top}$ 按钮,均可启动"连续标注"命令。

调用"连续标注"命令后，系统给出命令行提示如下。

"指定第二条尺寸界线原点或 [放弃(U)/选择(S)]〈选择〉："

用户可以直接用鼠标选择下一个标注定义点，也可以按回车键后用光标选择下一个要标注的实体对象。调用 S 选项可以由用户重新指定基准。

定义每一个标注定义点之后，AutoCAD 都会给出上一次的如"标注文字＝×××"的测量提示，同时在图形中显示尺寸文本。用户可在命令行的提示下继续创建标注，直到完成标注操作后按下回车键结束命令。

连续标注和基线标注一样，可以应用在多个角度的标注中。在操作时，基线标注相应地换成角度标注。分别以线性标注和角度标注为基准的连续标注效果如图4-15所示。

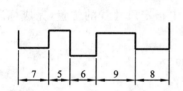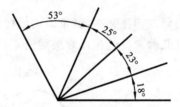

图 4-15　分别以线性标注和角度标注为基准的连续标注效果

5. 半径标注

半径标注(Dimraoius)命令用于标注圆或圆弧的半径尺寸。选择"标注"→"半径"菜单项，或单击"标注"工具栏的 按钮，均可启动"半径标注"命令。

调用"半径标注"命令后，AutoCAD 会在命令行提示选择要标注的圆或圆弧。用户单击标注对象后，系统会提示标注文本的信息"标注文字＝×××"，并给出命令行提示如下。

"指定尺寸线位置或 [多行文字(M)/文字(T)/角度(A)]："

适当修改标注文本，就可以确定尺寸线的位置，完成标注操作。半径标注几种常见的标注效果如图 4-16 所示。

6. 直径标注

直径标注(Dimdiameter)命令用于标注圆或圆弧的直径尺寸，选择"标注"→"直径"菜单项，或在"标注"工具栏中单击 按钮，均可启动"直径标注"命令。

与半径标注类似，用户按照命令行提示单击待标注的圆弧或圆对象后，系统会提示标注文本的信息"标注文字＝×××"，并给出命令行提示如下。

"指定尺寸线位置或 [多行文字(M)/文字(T)/角度(A)]："

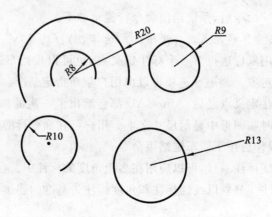

图 4-16　半径标注几种常见的标注效果

适当修改标注文本,就可以用鼠标在图形中指定尺寸线的位置,完成标注操作。直径标注几种常见的标注效果如图 4-17 所示。

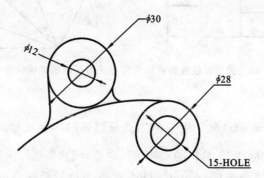

图 4-17　直径标注几种常见的标注效果

半径标注和直径标注的操作步骤都非常简单,但是在复杂的图形中,假如在所标注的圆中放不下尺寸标注的文字及箭头,怎样选择尺寸标注的位置和标注形式就有讲究了,只有选择合适的尺寸线位置,才能使图形标注清晰明了。

7. 角度标注

在机械制图中,经常要对零件的角度或者切削的角度进行标注,这就要用到角度标注(Dimangular)功能。角度标注还可以用来对某一段圆弧或圆上的一部分圆弧进行标注。

选择"标注"→"角度"菜单项,或单击"标注"工具栏的 ⌂ 按钮,均可启动"角度标注"命令。

在命令行提示"选择圆弧、圆、直线或〈指定顶点〉:"时,可以直接选择一段圆弧、指定圆上的两点、两条不平行的直线来标注角度,也可以按回车键后按照"指定角的顶点:"、"指定角的第一个端点:"、"指定角的第二个端点:"的顺序标注角度。AutoCAD 将自动确定角度尺寸的标注定义点,并给出下面的命令提示:

"指定标注弧线位置或 [多行文字(M)/文字(T)/角度(A)]:"

用户可以使用鼠标确定尺寸线的位置,也可以调用选项调整标注文本的内容和角度。在确定尺寸线位置后,系统会提示"标注文字＝×××"的信息,完成该角度的标注。

在进行角度标注中选择标注定义点后,一般可以不考虑两个端点的先后顺序,但在有些情况下是要考虑先后顺序的。角度标注各选项的标注效果如图 4-18 所示。

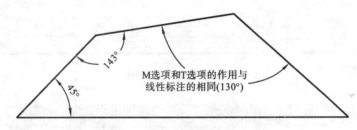

M选项和T选项的作用与
线性标注的相同(130°)

143°

45°

图 4-18　角度标注各选项的标注效果

8. 引线标注

选择"标注"→"引线"菜单项,或单击"标注"工具栏的 ❧ 按钮,均可启动"引线标注(Qleader)"命令。该命令启动后会有如下提示:

"指定第一个引线点或 [设置(S)]〈设置〉:"

在该提示下,用户可以有两种选择。第一种选择是直接输入旁注指引线的起点,执行该选项时会提示:

"指定下一点:

指定文字宽度〈0〉:"

用户在该提示下输入一点,则 AutoCAD 把该点作为文本的起点。若在该提示下用户直接按回车键,则 AutoCAD 会弹出【多行文本编辑器】对话框。

第二种选择是直接按回车键或输入 S 选项,AutoCAD 会弹出【引线设置】对话框。在该对话框中包括"注释"、"引线和箭头"、"附着"3 个选项卡。

"注释"选项卡如图 4-19 所示。该选项卡包含注释类型、多行文字选项和重复使用注释 3 个设置区。

"引线和箭头"选项卡如图 4-20 所示。在"引线"设置区,用户可以通过单选钮设

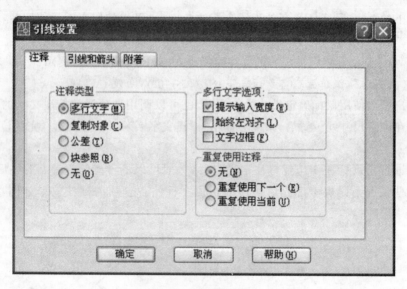

图 4-19 "注释"选项卡

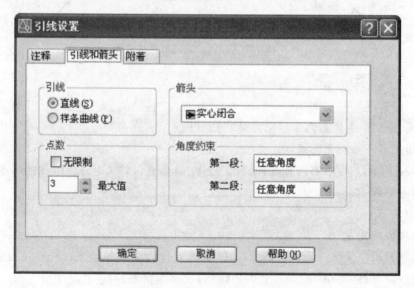

图 4-20 "引线和箭头"选项卡

置引线的类型。在"箭头"设置区,用户可以从下拉列表框中选择箭头类型,也可选择"用户箭头"重新设置。在"点数"设置区可以确定指引线的点数的最大值。在"角度约束"设置区可以限制引线的旋转角度,其中,第一段限制起始引线角度的大小,用户可以通过下拉列表框进行设置;用同样的方法设置第二段引线的角度。

"附着"选项卡如图 4-21 所示。用户可以通过该选项卡设置尺寸标注文字的附着方式。

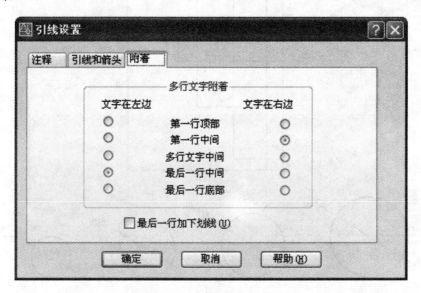

图 4-21　"附着"选项卡

9. 快速标注

快速标注（Qdim）是 AutoCAD 2000 以后版本新增加的功能。它是交互式、动态和自动化尺寸标注生成器。使用快速标注，可以大大提高标注的效率。快速标注允许同时标注多个对象的尺寸，也允许同时标注多个圆弧和圆的尺寸；可以对图形中现有的尺寸标注进行快速编辑，也可以建立新的尺寸标注。使用快速标注时，可以重新确定基线和尺寸标注的基点数据，因此在建立一系列基线与连续标注时特别有效。

快速标注各选项改变的标注效果如图 4-22 所示。使用"快速标注"命令标注线性尺寸时，可以选择所有的水平线或垂直线作为标注对象，也可以选择全部直线作为标注对象。鼠标光标水平拖曳时标注垂直尺寸，垂直拖曳时标注水平尺寸。

选择"标注"→"快速标注"菜单项，或单击工具栏的 ▨ 按钮，均可启动"快速标注"命令。该命令启动后会有如下提示。

"指定尺寸线位置或

[连续 (C)／并列 (S)／基线 (B)／坐标 (O)／半径 (R)／直径 (D)／基准点 (P)／编辑 (E)／设置 (T)]

〈连续〉："

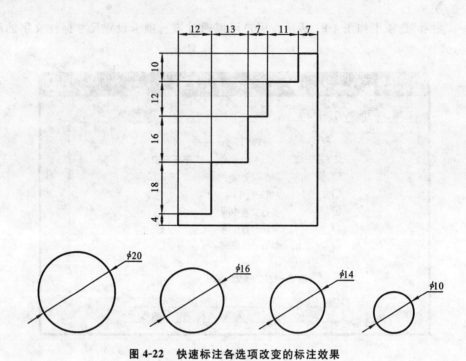

图 4-22   快速标注各选项改变的标注效果

4.3.4   尺寸标注样式的设置及其标注

尺寸标注样式的设置主要是对尺寸的各部分包括尺寸线、尺寸界线、尺寸文本和尺寸箭头的式样、大小及它们之间的相对位置进行设置,以满足用户在不同情况下的标注需要。

可以利用【标注样式管理器】对话框进行样式标注的设置。选择"标注"→"标注样式"菜单项,或者在命令行中执行"Dimstyle"或"D"命令,或者单击"标注"工具栏上的 按钮,均可启动【标注样式管理器】对话框,如图 4-23 所示。

【标注样式管理器】对话框中各选项的含义如下。

(1) 当前标注样式:列出当前的尺寸标注样式名称。

(2) 样式:显示已有的尺寸标注样式。

(3) 列出:列表显示样式类型。单击下边的复选框,显示列表内容的类型,可从中选择显示所有样式或正在使用的样式。

(4) 预览:在样式预览窗口中预览选中的样式,为用户提供了可视化的操作反馈,用户可以看到尺寸样式更改的效果,减少了出错的可能。

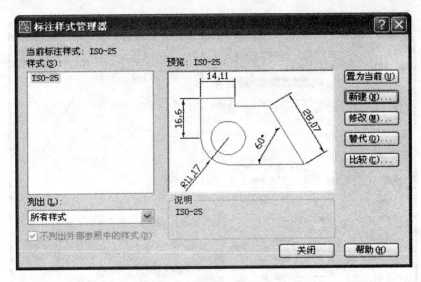

图 4-23 【标注样式管理器】对话框

（5）说明：显示选取的尺寸标注样式说明。

（6）新建：新建尺寸标注样式。单击该按钮，将出现图 4-24 所示的【创建新标注样式】对话框。在该对话框下单击"继续"按钮，开始新建标注样式的操作。

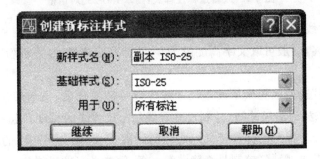

图 4-24 【创建新标注样式】对话框

【修改标注样式】、【新建标注样式】、【替代当前样式】三个对话框的内容是相同的，这是标注样式管理器中最重要的对话框。如图 4-25 所示，用户可以利用【新建标注样式：副本 ISO-25】对话框新建或修改标注样式。

【新建标注样式：副本 ISO-25】对话框中 7 个选项卡的设置如下。

◆ 直线。

在"直线"选项卡中，可以设置尺寸线、尺寸界线的格式。

"尺寸线"选项区提供了设置尺寸线参数特征的选项，包括颜色、线型、线宽、超出

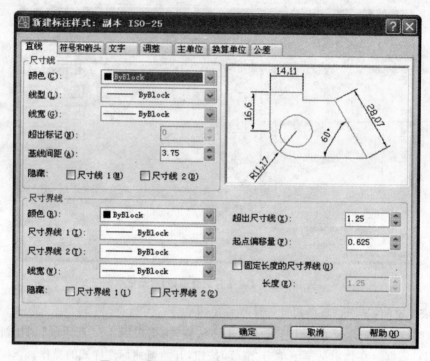

图 4-25 【新建标注样式:副本 ISO-25】对话框

标记(设置尺寸线超出尺寸界线的长度)、基线间距(其数值用来控制基线标注各个尺寸线之间的距离,一般可取文字高度的 1.5～2 倍)、隐藏(控制是否隐藏第一条、第二条尺寸线)。

"尺寸界线"选项区提供了设置尺寸线参数特征的选项,包括颜色、尺寸界线 1、尺寸界线 2、线宽、超出尺寸线(控制尺寸界线超出尺寸线的长度)、起点偏移量(尺寸界线的起点与用户指定的标注定义点之间的距离,一起取文字高度的四分之一)、固定长度的尺寸界线、隐藏(控制是否隐藏第一条、第二条尺寸界线)。

◆ 符号和箭头。

在"符号和箭头"选项卡中可以设置箭头、圆心标记、弧长符号、半径标注折弯的格式,如图 4-26 所示。

"箭头"选项区提供了设置尺寸线参数特征的选项,包括"第一项"、"第二个"、"引线"、"箭头大小"。"第一项"、"第二个"分别用于设置两个尺寸箭头的形状,用户可以通过下拉列表框给当前标注样式指定适当的箭头形状。默认状态下,两个箭头的形状保持一致,用户可以通过修改使其不一致。"引线"用于设置引线的箭头形状。与第一项尺寸箭头形状的设置类似,可以指定适当的箭头形式。

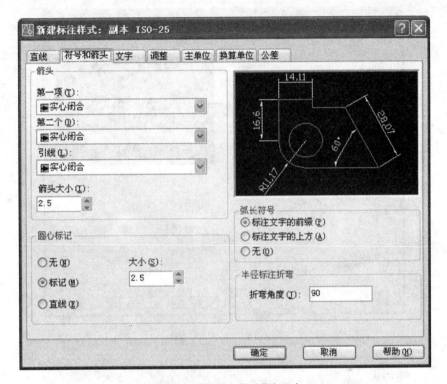

图 4-26 "符号和箭头"选项卡

"圆心标记"选项区用于设置圆心的标记形式及大小,有"标记"、"直线"、"无"3种标记形式可供选择。

"弧长符号"选项区包括"标注文字的前缀"、"标注文字的上方"和"无"3个选项。

"半径标注折弯"选项区包括"折弯角度"选项,在其中可根据情况填写数据。

◆ 文字。

"文字"选项卡中可以设置文字外观、文字位置、文字对齐方式,如图 4-27 所示。"文字外观"包括"文字样式"、"文字颜色"、"填充颜色"(文本区域的颜色)、"文字高度"、"分数高度比例"、"绘制文字边框"6个选项。

"文字位置"包括"垂直"(相对于尺寸线的位置)、"水平"(相对于尺寸线、尺寸界线的具体位置)、"从尺寸线偏移"3个选项。

"文字对齐"包括"水平"、"与尺寸线对齐"、"ISO 标准"3个选项。

◆ 调整。

"调整"选项卡用于设置标注文字和箭头的相对位置及其他标注特性等,如图4-28所示。

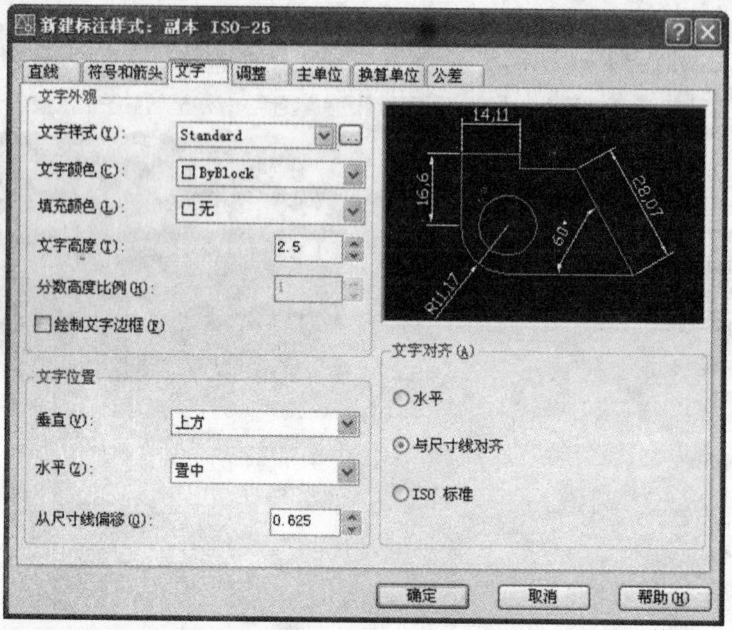

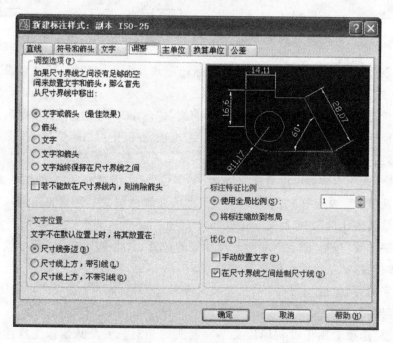

图 4-27 "文字"选项卡

图 4-28 "调整"选项卡

　　"调整"选项卡包括"调整选项"、"文字位置"、"标注特征比例"和"优化"4 个选项。

　　"调整选项"选项用于设置标注文字和箭头之间的相对位置。

　　"文字位置"选项用于设置尺寸标注文字离开其默认位置时的排列位置。通常选择"尺寸线旁边"选项，这时若需要移动尺寸文本，系统会自动将文字移动到尺寸线的旁边。

　　"标注特征比例"选项用于设置尺寸标注的比例系数。

　　"优化"选项用于设置文字放置位置及设置尺寸线放置位置。

　　◆　主单位。

　　"主单位"选项卡用于设置主单位及其各种参数，以控制尺寸单位、角度单位、精度等级和比例系数等尺寸标注的基本单位格式，如图 4-29 所示。

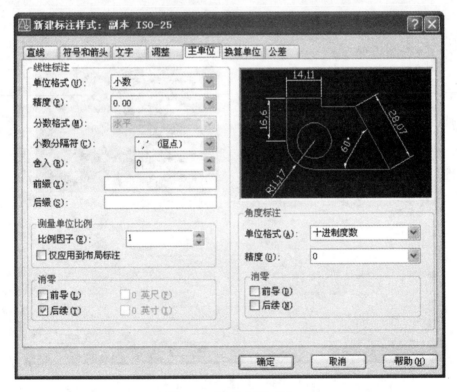

图 4-29　"主单位"选项卡

　　"线性标注"选项用于设置标注数据的单位格式、精度、分数格式、小数分隔符（句号、逗号、空格）、舍入、前缀和后缀。

"测量单位比例"选项用于控制线性尺寸的比例系数,使用该选项后,标注线性尺寸(线性、对齐、半径、直径、坐标、基线、连续)时,标注的数值是实际长度乘以标注的比例因子。

"消零"选项用于控制尺寸标注时的零抑制问题,如选择"后续"复选框后,在遇到类似尺寸为 0.1000 的标注时系统显示标注为 0.1。

"角度标注"选项用于设置角度标注尺寸的单位格式和精度。其中,"单位格式"中可显示或设置角度型尺寸标注时用的单位格式,提供有 4 个选项供用户选择:十进制度数、度/分/秒、百分度和弧度。

◆ 换算单位。

"换算单位"选项卡用于设置英制尺寸文本的参数,以控制尺寸单位的精度等级、公差精度等级、尺寸数字的零抑制和英制单位的比例系数,如图 4-30 所示。

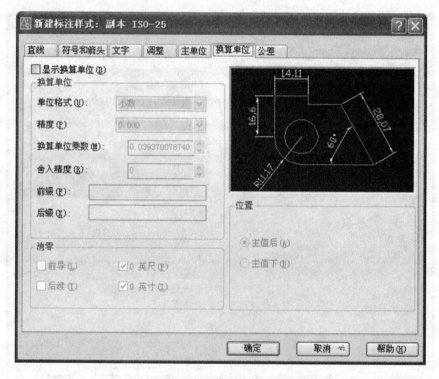

图 4-30 "换算单位"选项卡

"显示换算单位"选项区用于设置是否在标注公制单位的同时标注换算单位,与"位置"选项区配合使用,可以在主单位的后面或下方显示换算单位,选择"位置"选项中的"主值后"的标注效果如图 4-31 所示。

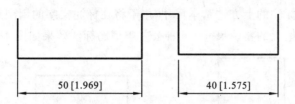

图 4-31　选择"显示换算单位"为"主值后"的标注效果

"换算单位乘数"选项区是将主单位与输入的值相乘后创建换算单位。默认值是 0.039370，乘法器用此值将毫米转为吋。

◆ 公差。

"公差"选项卡中可以设置尺寸公差的格式，包括尺寸公差的标注方式、公差文本的字体高度及尺寸公差文本相对于主单位的对齐方式，如图 4-32 所示。

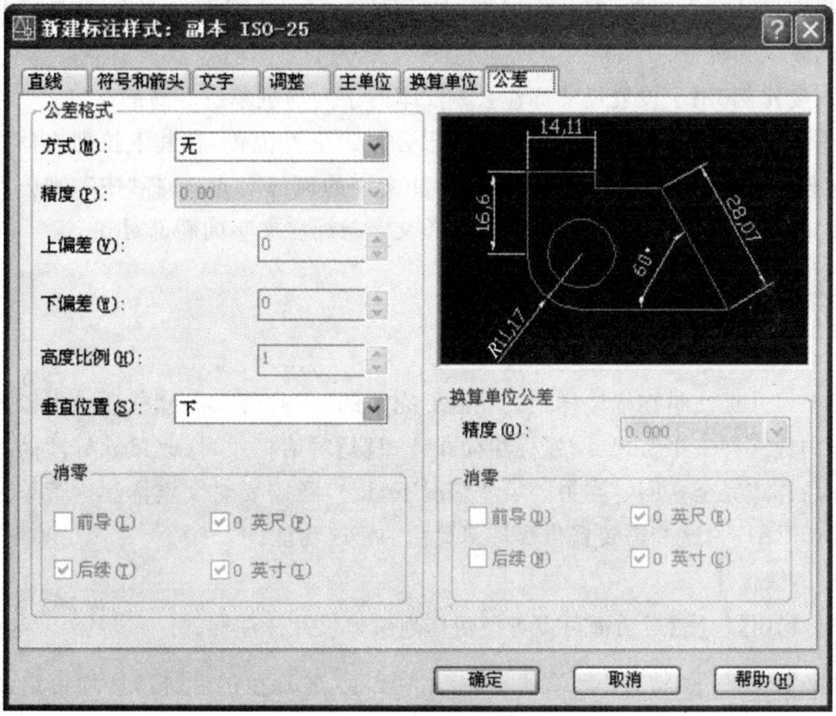

图 4-32　"公差"选项卡

"公差格式"中的"方式"提供设置尺寸公差的 5 种类型。"无公差"用于关闭尺寸的公差显示；"对称公差"用于公差中正负偏差的值相同时；"极限公差"用于公差中正负偏差的值不同时；"极限尺寸"用于将加上和减去偏差值合并到标注值中，并将最大标注显示在最小标注的上方；"基本尺寸"用于将在标注文字的周围绘制一个框，这种格式用于说明理论上的精确尺寸。5 种公差类型的标注效果如图 4-33 所示。

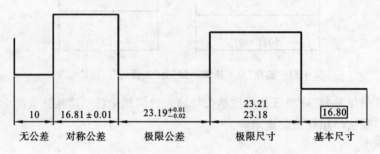

图 4-33　5 种公差类型的标注效果

　　"公差格式"中的"精度"用于设置公差值的精度。在"上偏差"文本框中输入数值，以确定尺寸的上偏差，默认为正值；在"下偏差"文本框中输入数值，以确定尺寸的下偏差，默认为负值。

　　"高度比例"用于设置尺寸标注公差文本的字高与主单位字高的比值。

　　"垂直位置"用于设置对称公差和极限公差的垂直位置，在其下拉列表框中提供了 3 种选择。选择"上"，则公差文字与标注文字的顶部对齐；选择"中"，则公差文字与标注文字的中部对齐；选择"下"，则公差文字与标注文字的底部对齐。

4.3.5　修改尺寸标注

　　由于尺寸标注是在标注样式的控制下完成的，因此修改尺寸标注也可以通过修改相应的标注样式来实现。在【标注样式管理器】对话框中，修改尺寸标注的操作与创建标注样式完全相同。在另外一些情况下，用户还需要对个别标注进行单独的修改。AutoCAD 为这些需要提供了许多灵活的修改功能。

　　1. 编辑标注

　　（1）利用【特性】对话框可以方便快捷地编辑尺寸标注样式。

　　选择"修改"→"特性"菜单项，或单击"标注"工具栏的 按钮，均可启动如图 4-34 所示的【特性】对话框。

　　用户可以利用该对话框修改尺寸标注，如果用户选取多个尺寸标注，那么对话框中可以显示所选尺寸标注样式的共同特性。

　　双击要修改的尺寸对象，也可启动【特性】对话框，然后在该对话框中修改尺寸标注样式的各个项目。

图 4-34 【特性】对话框

(2) 使用"Dimedit"命令编辑尺寸标注。

在命令行中执行"Dimedit"命令,或单击"标注"工具栏的 A 按钮,可以启动编辑尺寸标注的功能。系统给出操作提示如下。

"输入标注编辑类型 [默认(H)/新建(N)/旋转(R)/倾斜(O)]〈默认〉:"

按回车键或输入 H 选择按默认位置方向放置尺寸文本。

输入 N 选项修改指定尺寸对象的尺寸文本,会弹出【多行文本编辑器】对话框。在该对话框中,尖括号(〈〉)中的内容代表原来的标注文本。用户可以先删除尖括号,然后输入新文字替换标注文字,也可以在尖括号的前、后输入文字给标注添加前缀和后缀。单击"确定"按钮会出现选取尺寸对象提示,修改被选尺寸对象的尺寸文本。

输入 R 选项将选取尺寸对象的尺寸文本按指定角度旋转。

输入 O 选项将修改长度型尺寸标注,使尺寸界线旋转一定的角度,与尺寸线不垂直。

2. 编辑标注文字的位置

用户输入"Dimedit"命令或单击"标注"工具栏的 ✎ 按钮,可以延长或缩短尺寸界线、调整尺寸文本的位置。

启动"Dimedit"命令并按要求选择尺寸对象后,系统给出提示如下。

"指定标注文字的新位置或 [左(L)/右(R)/中心(C)/默认(H)/角度(A)]:"

其中,L、R、C 选项仅对长度型、半径型、直径型尺寸标注起作用,分别用于调整尺寸文本是否沿尺寸线左对齐、右对齐和中心对齐。H 选项指明调整尺寸文本按默认位置的方向放置，A 选项指明尺寸文本按所指定的角度值进行旋转。

3. 替代标注

在工程制图中，可能会遇到这样的情况，创建的标注样式绝大多数能满足实际的尺寸标注的实际要求，但是有少数几个不能满足。对于这少数几个尺寸标注，可能不需要显示尺寸界线、修改文字或箭头位置的特殊要求，此时若另外创建一个不同的标注样式就显得很烦琐了。这时可以使用 AutoCAD 中提供的样式替代功能，在已经创建的标注样式的基础上为单独的标注定义替代标注样式。

在【标注样式管理器】中，从左侧标注样式列表框中选择要修改的标注样式，单击对话框中的"替代"按钮，系统会弹出【替代当前样式】对话框。在该对话框中按照标注要求修改完成后，使用该样式进行标注，不影响原来的标注。

样式替代实际上是一个临时的尺寸标注样式，可以使生成的标注样式修改某些特征参数。标注完成后，可以将原来的标注设置为当前样式，系统会自动删除临时生成的替代尺寸标注样式。

4.4　创 建 表 格

在 AutoCAD 2006 中，可以使用"创建表格"命令创建表格；也可以从 Microsoft Excel 中直接复制表格，并将其作为 AutoCAD 表格对象粘贴到图形中；还可以从外部直接导入表格对象。

4.4.1　新建表格样式

表格样式决定一个表格的外观。使用表格样式，可以保证表格具有标准的字体、颜色、文本、高度和行距。可以使用默认的、标准的或自定义的样式。

在 AutoCAD 2006 中，选择"格式"→"表格样式"菜单项，打开【表格样式】对话框，如图 4-35 所示。

4.4.2　设置表格的数据、列标题和标题样式

在【新建表格样式：副本 Standard】对话框中，可以选择"数据"、"列标题"和"标题"选项卡来分别设置表格的数据、列标题和标题对应的样式，如图 4-36 所示。

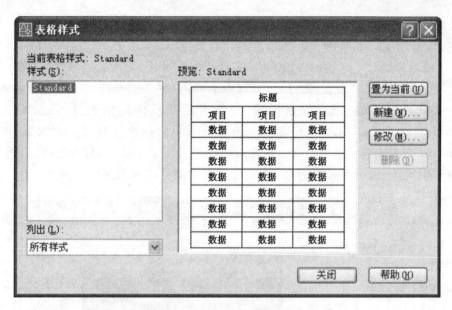

图 4-35　【表格样式】对话框

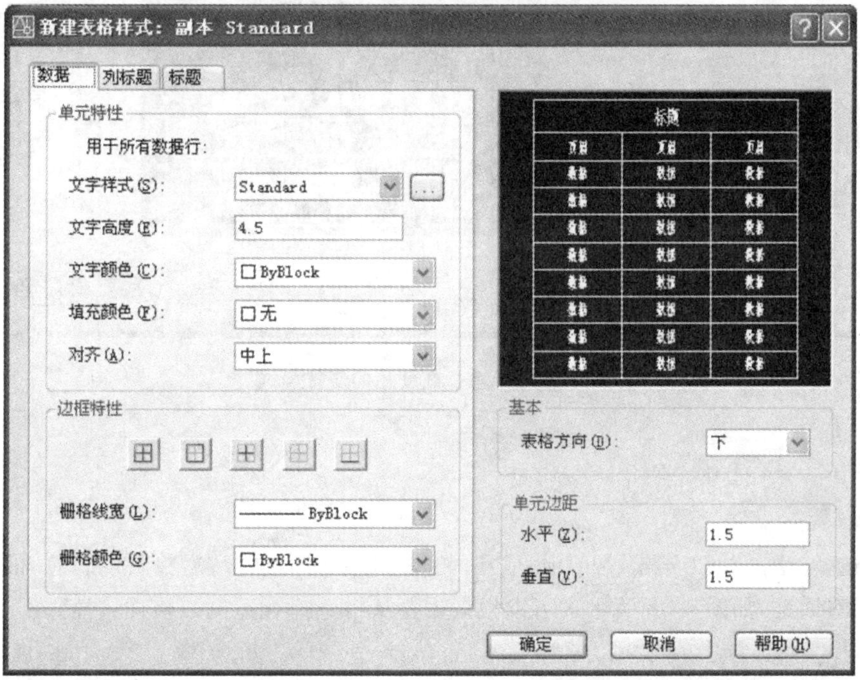

图 4-36　【新建表格样式：副本 Standard】对话框

4.4.3 管理表格样式

在 AutoCAD 2006 中,还可以使用【表格样式】对话框来管理图形中的表格样式。在该对话框的"当前表格样式"后面显示当前使用的表格样式(默认为Standard);在"样式"文本框中显示当前图形所包含的表格样式;在"预览:副本Standard"窗口中显示选中表格的样式;在"列出"下拉列表框中,可以选择"样式"文本框以确定显示图形中的所有样式还是正在使用的样式,如图 4-37 所示。

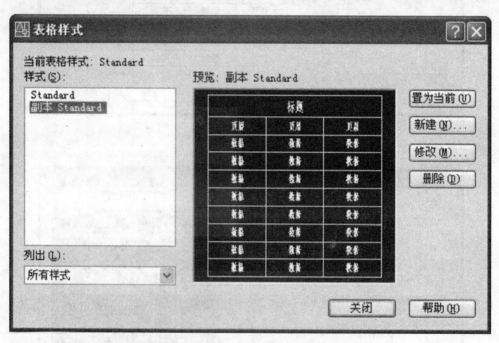

图 4-37 当前正在使用的表格样式

4.4.4 创建表格

选择"绘图"→"表格"菜单项,或在"绘图"工具栏中单击"表格"按钮,打开【插入表格】对话框,如图 4-38 所示。可以根据需要从中选择合适的表格样式插入。

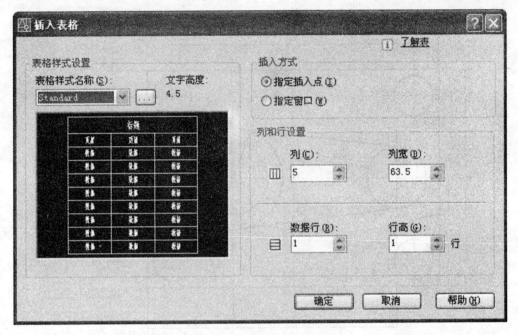

图 4-38　【插入表格】对话框

4.4.5　从外部导入表格到 AutoCAD 2006 中

可以从 Excel 中选择要导入的表格区域,复制后直接在 AutoCAD 中粘贴即可。如果要进行编辑,可以双击表格进入 Excel 界面,同步的 AutoCAD 中可以显示保存修改的结果。

综 合 练 习

4-1　AutoCAD 中共有多少种尺寸标注?

4-2　如何进行快速标注和连续标注?

4-3　绘制如图 4-39(a)、(b)所示图形,并进行尺寸标注。

4-4　如何在 AutoCAD 中插入表格?如何从外部导入表格到 AutoCAD 中?

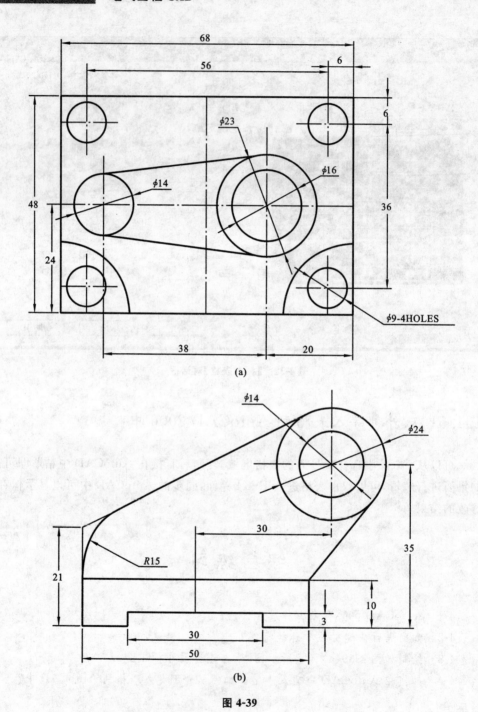

(a)

(b)

图 4-39

第5章 图 块

5.1 图块的基本概念

图块是由用户保存并命名的一组对象。它可以方便地按照一定比例和角度在绘图空间中多次引用,并进行相应的修改。它还可以附带一些文字信息,这些信息称为块属性。块属性与图形一起形成块,常用于制作如图纸的图框等只需要修改文字的块。在 AutoCAD 绘图中,为了方便由几个人共同完成一项设计任务,还可以从外部引进图形文本,这样可以使设计人员都能共享设计并能彼此间协调设计结果。使用块及外部参照极大地提高了用户绘图的效率。

5.1.1 图块的作用

图块主要应用于重复的图形对象的插入。它可以节省用户的绘图时间,方便不同文件的调用,以提高绘图效率。比如,可以先把要设置成块的图形绘制好,然后设置好该块的属性,并调用命令存储块。当需要使用时,就可按指定位置、指定比例和指定角度的方法插入图块。图块中的各实体可以具有各自的图层、线性、颜色等特征。在应用时,图块可以作为一个独立的、完整的对象进行操作,可以根据需要按一定比例和角度将图块插入到需要的位置。

图块主要具有以下几个方面的作用。

1. 提高制图的效率和质量

可以利用图块把工程图形中常见的标准件制成图块库(如电气设备的图形及符号和仪器图形及符号等)。绘制图形时,只要在指定位置插入图块库中相应的图块,即可绘得该图形,且可反复插入多次,这样既减少了大量重复性的工作,提高了绘图效率,又保证了绘制的图形质量。

2. 方便修改图形

当想在图形中大量引用同一个图块,并想对这些图块进行相同的修改时,不需要对每一个图块进行修改,只需要先修改其中一个图块,再对它以相同图块名重新定义块,这样图中所有引用其的图块都会自动更新,大大方便了图形的修改。

3. 节省文件存储空间

AutoCAD 可以将绘图空间中绘制的每一个对象的相关信息(如对象的类型、位置、图层、线型和颜色等)保存至相应的文件中。如果在一幅图中有大量相同的图形,则 AutoCAD 系统在保存文件时会把大量相同的信息存入其中,因而占用了很多存储空间。当在绘图中大量引用相同图块时,图块会单独保存对象的相关信息,插入图块处理系统只记录其块名、插入点坐标等少量信息,从而节省文件存储空间。

4. 方便添加属性

在 AutoCAD 中,用户可以为图块定义文字属性,在绘图中引用该图块时,可通过修改该属性值来达到指定位置显示相应文字的目的。

5.1.2　图块的组成

对图块的操作有两种形式:一种为存在于某个图形文件中的内部块,该块只能在所在图形文件中调用;另一种以独立的文件形式存储图块,又称为存储块,这种图块文件可以被其他的 AutoCAD 图形文件所引用。

1. 图块命令执行方式

调用命令可以通过以下 3 种方式。

(1) 从命令行输入 BLOCK、BMAKE 或 B 命令。

(2) 通过"绘图"工具栏中的 ▣ 按钮。

(3) 通过下拉菜单中的"绘图"→"块"→"创建"选项。

执行上述操作后,系统会打开【块定义】对话框,如图 5-1 所示。

2.【块定义】对话框中各选项说明

【块定义】对话框中各选项说明如下。

(1) 名称:用于输入要新建块的名称,也可列出已建块的名称。

(2) 基点:用于确定图块在引用时插入的基点。基点又包括以下两个选项,说明如下。

① "拾取点"按钮。单击该按钮后,系统切换回绘图窗口,此时用户可指定一点作为块引用的插入点,选择后系统又自动切换回【块定义】对话框,并确定指定点的坐标位置。

② "X、Y、Z"文本框。在该文本框可直接输入块插入点的坐标值,当单击"拾取点"按钮,选定插入点时,也可相应列出插入点 X、Y、Z 的坐标数值,默认坐标值为 $(0,0,0)$。

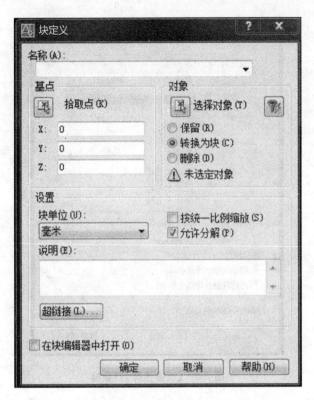

图 5-1 【块定义】对话框

（3）对象：用于确定组成块的对象。对象又包括以下几个选项，说明如下。

①"选择对象"按钮。该按钮用于选择图形作为块对象。单击该按钮后，系统会切换回绘图窗口中，用户选择好要定义的图形后，按回车键可返回【块定义】对话框，结束对象选择。

②"快速选择"按钮。该按钮可用于快速选择对象的过滤条件。用户单击该按钮后，系统自动弹出【快速选择】对话框，如图 5-2 所示，让用户可在此设置过滤条件。

③"保留"单选框。选中此单选框，图块定义好后，被图块选用的图形保持原来图形的属性，即不被转化为图块。

④"转换为块"单选框。该单选框用于创建图块后，选中块的图形也会被转化为一个图块。

⑤"删除"单选框。选中该单选框表示创建图块后，删除组成图块对象的图形。

⑥ 已选择 X 对象。该选项用于提示用户已选择了多少个图形对象。

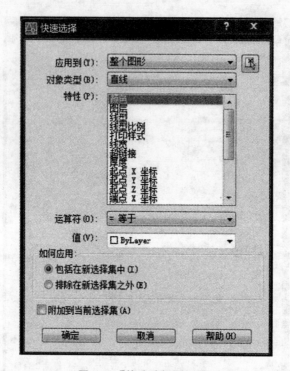

图 5-2 【快速选择】对话框

3. 创建图块

创建图块的操作步骤为：调用命令打开【块定义】对话框，在名称处输入要定义的块名，单击"拾取点"按钮，确定要引用块时的插入点；单击"选择对象"按钮选择创建块的图形对象，可在"说明"文本框中输入相应的说明文字，单击"确定"按钮，即可创建图块。

下面为绘制明装插座的图形符号的操作步骤示例。

（1）首先绘制好明装插座的图形符号，如图 5-3 所示。

（2）单击"创建块"按钮，系统弹出【块定义】对话框，如图 5-1 所示。

（3）在"名称"下拉列表框中输入图块名称"明装插座符号"。

（4）单击"拾取点"按钮，选取图中点 A 作为图块插入基点。

（5）单击"选择对象"按钮，选择要创建块的图形。

（6）选中"转换为块"单选框，定义图块时，也可把选中的图形同时转化为块。

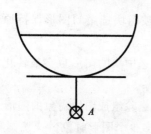

图 5-3 明装插座的图形符号

（7）单击"确定"按钮完成块的创建。

（8）要修改图块中的图形，就要先用分解命令把图块进行分解，然后修改图块。修改完后，再执行以上定义块的操作，让图块名称与原图块名相同，即可更新图块的内容。

5.2 图块的插入

AutoCAD 系统可以提供方便引用图块的操作。在插入图块时可设置图块的比例、插入点的坐标及旋转角度等，还可以在插入块后分解图块为单独的图形对象。

1. 图块命令执行方式

调用图块命令可以通过以下 3 种方式。

（1）从命令行输入 INSERT、DDINSERT 或 I 命令。

（2）单击"绘图"或"插入"工具栏中的 按钮。

（3）通过下拉菜单中的"插入"→"块"选项。

执行上述操作后，系统会打开如图 5-4 所示的【插入】对话框。

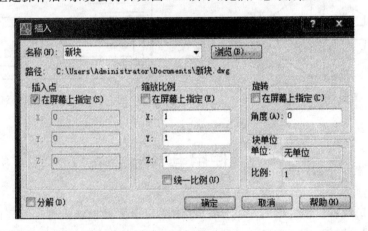

图 5-4 【插入】对话框

2. 对话框中各选项说明

【插入】对话框中各选项说明如下。

（1）名称。该选项可用于输入或选择插入图块的名称，也可以单击"浏览"按钮，在指定路径找到外部图块。

（2）路径。该选项用于显示外部图块的存储路径。

（3）插入点。该选项用于确定图块插入点的位置。

（4）缩放比例。该选项用于为设定插入图块的比例值。

（5）旋转。该选项用于设定插入图块旋转的角度。

（6）分解。选择该选项，系统可以把插入图块分散成图形对象。

3. 插入图块的操作步骤

插入图块的操作步骤如下。

（1）单击 按钮打开【插入】对话框。

（2）选择插入图块的名称，单击"浏览"按钮找到外部图块。

（3）插入点缩放比例及旋转项的参数设置如图 5-4 所示。

（4）单击"确定"按钮后，把光标移到指定的插入图块位置，单击左键即可插入图块，如图 5-5、图 5-6 所示。

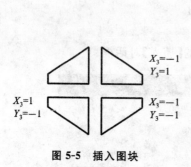

图 5-5　插入图块

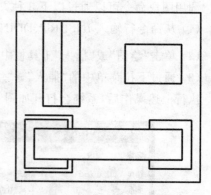

图 5-6　插入电话图块举例

5.3　使用电气符号库

AutoCAD 提供了许多图库，利用这些图库可以方便地调入各种需要的图形，可以节省绘图的时间。AutoCAD 原带的各种图库里的图形不符合我国的标准，可以采用"修改"和"重新绘制"的方法来使它们成为符合国家标准的图形。

"修改"的方法：每个图形是以图块的形式存放在图库中的，修改时要先使用 （分解）命令将图块打散，再进行修改；修改后使用 （创建块）命令将图形组合成图块，然后保存文件，再将图块复制到对应的图库中。

"重新绘制"的方法：绘制出符合国家标准的图形，用 （创建块）命令将图形组合成图块形式,然后保存文件,再将图块复制到对应的图库中。

5.3.1 显示"工具选项板"

进入 AutoCAD 界面后,有时会找不到图库选项板,此时可单击菜单栏中的"工具",在弹出的下拉菜单中选择"选项板",再在子下拉菜单中单击"工具选项板"。"工具选项板"在屏幕右边,其中有系统默认的"注释"、"建筑"、"机械"、"电力"、"土木工程/结构"、"图形填充"、"命令工具"等选项板。单击选项板中的"电力",显示出选项板中的对应图形,如图 5-7 所示。

5.3.2 新建"电气"选项板

在 AutoCAD 工具选项板中可以添加新的选项板。其方法是在工具选项板中单击鼠标右键,在弹出的菜单中选择"新建选项板",系统弹出一个文本框,在文本框中输入选项板的名称如"电气",然后按回车键,在工具选项板中多出了"电气"选项板。

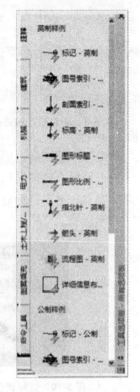

图 5-7 选项板

5.3.3 绘制图形并复制到"电气"选项板中

1. 绘制二极管图形符号

单击工具栏中的 ∕(直线)按钮,打开"正交"功能;移动鼠标光标在屏幕的合适位置单击作为直线的起点,向下移动鼠标,用键盘输入数字"2.5"后回车;再向下移动鼠标,用键盘输入数字"5"后回车;再向下移动鼠标,用键盘输入数字"2.5"后回车;单击鼠标右键,在弹出的菜单中单击"确认"按钮退出直线绘制。绘制出三条相连的竖线,如图 5-8 所示。

单击工具栏中的 ∕(直线)按钮,打开"正交"和"对象捕捉"功能,移动鼠标到第一条竖线的下端单击,再向右移动鼠标,用键盘输入数字"2.5"后回车。移动鼠标到第二条竖线下端单击,再向右移动鼠标,用键盘输入数字"2.5"后回车。绘制出两条水平线和一条斜线,如图 5-9 所示。

图 5-8　绘制三条相连的竖线　　　　**图 5-9　绘制两条水平线和一条斜线**

单击"修改"工具栏中的 ⚠️(镜像)按钮,框选要镜像的图元,如图 5-10 所示。

单击鼠标右键确定选择,这时系统要求选择镜像线的第一点和第二点,选择竖线的两个端点。单击鼠标右键,在弹出的菜单中单击"确认"按钮,镜像后的图形如图 5-11 所示。

图 5-10　选择镜像图元　　　　**图 5-11　绘制好的二极管图形**

2. 将二极管图形符号定义成图块

单击工具栏中的 🔲(创建块)按钮,系统会弹出【块定义】对话框。在其"名称"输入框中输入"二极管"作为图块名称,单击 🔲(拾取点)按钮,系统切换到绘图界面,选择二极管图形的下部端点作为基点,如图 5-12 所示。系统切换到【定义块】对话框,在该对话框中单击 🔲(选择对象)按钮,系统切换到绘图界面。框选二极管图形作为图块定义对象,系统又切换到【块定义】对话框中,如图 5-13 所示。在对话框中单击"确定"按钮完成对二极管图形的图块定义。

3. 保存文件

单击工具栏中的"保存"按钮,系统弹出【图形另存为】对话框。在其"文件名"中输入"电气图库",单击"保存"按钮,保存图块文件。

4. 复制二极管图形到"电气"选项板中

右键单击二极管图形,在弹出的菜单中选择"复制"命令,移动鼠标光标,在"电气"选项板中单击右键,在弹出的菜单中选择"粘贴"命令,完成对二极管图形的复制。

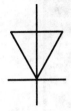

图 5-12 选择基点定义块   **图 5-13 【块定义】对话框**

5.3.4 从电气选项中调用图形

单击"电气"选项板中的二极管图形。这时二极管图形会跟着鼠标光标移动,创建图块时的基点成为鼠标的光标点。移动光标到适合的位置单击,图形被插入当前的界面中,如图 5-14 所示。

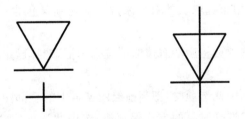

图 5-14 从库中调用图形符号

5.4 图块存储

为了把图块用于任何图形文件内,AutoCAD 系统提供了存储图块的操作以创建外部图块。用户可通过此方法建立自己的外部图形文件,即建立自己的图形库。

1. 系统命令方式

通过执行命令行中的 WBLOCK 或 W 命令,系统会出现如图 5-15 所示的【写块】对话框。

图 5-15 【写块】对话框

2. 对话框中各选项说明

【写块】对话框中各选项的说明如下。

(1)源。该选项用于选取块的对象来源。该选项又包含以下几个单选框,说明如下。

① 块。选取此选项后将激活右边的下拉列表框,选择已定义好的块作为存储的对象。

② 整个图形。选中此选项时,把当前绘图窗口上的全部图形写入磁盘文件。

③ 对象。由用户选择对象的方式保存块,选中此选项后,"基点"和"对象"两复选框组图可选。

(2)基点。该选项同【块定义】对话框选项控件相同。

(3)对象。该选项同【块定义】对话框选项控件相同。

(4)目标。该选项用于定义存储块文件的路径和文件名。该选项又包含以下两个子选项,说明如下。

① 文件名和路径。此子选项用于显示存储块的路径及块文件名,可单击其右边

的 [...] 按钮,从弹出的【预览文件夹】对话框中确定文件的保存位置。

② 插入单位。此子选项用于选择在插入图块时参照的度量单位。

3. 写块操作

写块操作的步骤如下。

(1) 在绘图窗口绘制好要创建的外部块图形,如图 5-16 所示。

(2) 在命令行输入"WBLOCK"命令并回车,系统会打开【写块】对话框。

(3) 在"源"框架组中选择"对象",由用户确定创建块的图形。

(4) 单击"拾取点"按钮选择点"P"为插入块时的基点,如图 5-16 所示。

(5) 单击"选择对象"按钮,在绘图窗口选择图形对象,并选择"从图形中删除",即转换图形为块后,不在绘图窗口保留该图形。

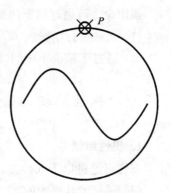

图 5-16 写块操作的绘制

(6) 在"文件名和路径"中确定存放块的文件路径及块的名称(块存储是以文件形式存放的,其文件扩展名为.dwg。)

(7) 单击"确定"按钮,完成存储块操作。

需要说明的是,绘制外部块图形一般是用 1∶1 的比例绘制的,待插入块时用户可以根据当前图形的实际情况调整比例,这样比较容易插入图形的大小。

5.5 块的重定义与修改

5.5.1 块的重定义

块的重定义有以下几种方式。

• 将分解后的块的原始图形编辑、修改后,重定义成同名块。这样块的库中的定义就会被修改,再次插入这个块时,会变成重新定义的块。

• 重新执行创建块命令,选择块列表中的已有块名进行创建。

• 使用全新的图形进行重定义。

• 使用已有的完整修改图形去直接替代旧的块图形。

1. 属性的概念与特点

属性是图块的文本对象,可用于描述图块的某些特征信息,以增加图块的附加说明。

2. 命令执行方式

调用命令可通过以下两种方式。

(1) 从命令行中输入 ATTDEF/ATT 命令。

(2) 通过下拉菜单中的"绘图"→"块"→"属性定义"选项。

5.5.2 属性编辑与修改

1. 属性编辑

属性可通过以下 3 种方式进行编辑。

(1) 通过工具栏中的"文字"→"编辑文字"选项。

(2) 通过"标准-对象"特性。

(3) 从命令行输入"DDEDIT"命令。

2. 重定义属性(属性替代)

重定义属性可通过以下两种方式进行。

(1) 从命令行输入"ATTREDEF"命令。

(2) 输入要重定义的块的名称。

命令行提示如下信息:

选择作为新块的对象...

选择对象:

新块的插入基点:指定点

为现有的块参照指定的新属性通常使用其默认值。新块中定义的旧属性仍保持其原值。删除所有未包含在新块中定义的旧属性。

3. 同步属性(属性的更新)

同步属性可通过以下两种方式进行。

(1) 选择"修改Ⅱ"工具栏中的 按钮。

(2) 从命令行输入"? ATTSYNC"命令。

命令行提示以下信息:

输入选项[? /名称(N)/选择(S)]< 选择>:

提示用户输入要为该块定义的当前属性更新的块的名称。ATTSYNC 不会改变现有块中指定给属性的任何值。

输入？将显示图形中所有块定义的列表,输入要更新的块的名称。

按回车键以使用定点设备选择要更新其属性的块。

如果指定的块不包含属性或不存在,将显示错误信息,提示指定另外一个块。

4. 属性值的修改

属性值的修改可通过以下 3 种方式进行。

(1) 在"修改"菜单中单击"对象"→"属性"→"单个"选项。

(2) 在绘图区域中选择要编辑的块。

(3) 在增强属性编辑器中,选择要编辑的属性。可以修改属性值,或者选择另一选项卡编辑其他属性特性。

5. 属性值的提取

属性值的提取可通过以下 3 种方式进行。

(1) 单击"修改 II"工具栏中的 按钮。

(2) 通过"工具"菜单的"属性提取"选项。

(3) 从命令行输入"EATTEXT"命令。

提供从当前图形或其他图形的块属性中提取信息的操作步骤。信息用于在当前图形中创建表或保存到外部文件。

5.6 块 的 属 性

把一组图形对象组合成图块加以保存,需要时再把图块作为一个整体以任意比例和旋转角度插入到图中的任意位置,这样不仅提高了绘图速度和工作效率,而且可大大节省磁盘空间。

5.6.1 块属性的特点

块属性具有以下几个方面的特性。

(1) 一个块属性由属性标记和属性值两部分组成。例如,把"图号"定义为属性标记名,具体的图号"A3"就是属性值,即属性。

(2) 定义块前应先定义每个属性。定义好块属性后,该属性以标记名在图中显示出来,并保存有关信息。

(3) 定义块前,用户可以重新修改属性定义。

（4）定义块时，定义的对象应包含图形对象和表示属性定义的属性标记名。

（5）插入带有属性的块时，AutoCAD 系统会提示用户输入属性值。插入的块会在定义属性的地方显示相应的属性值。如果属性值在属性定义时规定为固定选项，则系统不询问它的属性值。

（6）一个块允许有多个属性，用户可以定义一个包含属性的块。

（7）用户可设置插入块的属性可见性，修改属性及把属性单独存储成文件，以供统计、制表与数据库或其他语言进行数据通信。

5.6.2 创建并使用带有属性的块

使用块属性，首先要定义好属性，然后创建属性块，最后在插入块时按提示输入相应属性值。

1. 命令方式定义属性

调用命令可以通过以下两种方式。

（1）从命令行输入 DDATTDEF、ATTDEF 或 ATT 命令。

（2）通过下拉菜单中的"绘图"→"块"→"定义属性"选项。

执行上述操作后，系统会弹出【属性定义】对话框，如图 5-17 所示。

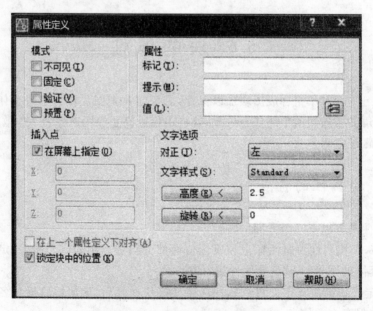

图 5-17 【属性定义】对话框

2. 对话框各选项与参数说明

【属性定义】对话框中各选项说明如下。

（1）模式。该选项用于设置属性模式。该选项又包括以下几种单选框，说明如下。

① 不可见。此单选框用于设定插入属性块并输入属性值后是否在图形中显示属性值。

② 固定。此单选框用于设定插入属性块时是否固定属性值。

③ 验证。此单选框用于设定插入属性块时，系统是否再提示属性值让用户校验。

④ 预置。此单选框用于设定插入属性块时，系统是否自动把属性值文本框中的内容设置为实际值，不再提示用户输入新值。

（2）属性。该选项用于设置属性的标记、插入块的提示信息及属性默认值。该选项又包括以下几个文本框，说明如下。

① 标记。此文本框用于设置的名称。

② 提示。在编辑块属性时，此文本框用于设置引导用户输入属性值的提示文字。若不设置该项，则 AutoCAD 系统会用属性标记作为提示。

③ 值。此文本框用于设置属性的默认值。

（3）插入点。该选项用于设置属性的插入点位置。

用户可以直接在 X、Y 和 Z 文本框中输入插入属性的相应坐标值，也可以单击"拾取点"按钮，用鼠标拾取要插入属性的位置。

（4）文字选项。该选项用于设定属性文字的特性。该选项又包含以下几个复选框项，说明如下。

① 对正。该复选框用于设置属性文字相对于参照点的排列形式。

② 文字样式。该复选框用于设定块属性的文字参照样式，这些文字样式可通过使用"STYLE"命令打开【文字样式】对话框来设置。

③ 高度。该复选框用于设置文字的高度。用户可在对应的文本框中输入高度值，或单击"高度"按钮，用鼠标点取两点间的距离作为高度值。当在"文字样式"中设置的字的高度不为零时，此项不可选。

④ 旋转。该复选框用于确定属性文字行的旋转角度。用户可直接在对应的文本框中输入旋转值，也可以单击"旋转"按钮，然后在绘图窗口中单击"确定"按钮。

（5）在上一个属性定义下对齐。该选项用于设定当前属性继承自上一个属性的参数值，且另起一行并按上一个属性的对正方式排列在其下方。设置好以上选项后，单击"确定"按钮后，完成属性的定义。

3. 定义和使用带属性图块

1) 定义和使用带属性图块的步骤

(1) 绘制好图形，调用"定义图块"命令打开【属性定义】对话框。

(2) 在该对话框中设定相应模式、设置属性、设置文字类型等选项，拾取插入属性的位置作为插入点，单击"确定"按钮，属性定义完毕。

(3) 调用"定义图块"命令打开【块定义】对话框，在此输入图块名、拾取块的插入点、选取块的原图形对象（包括属性），单击"确定"按钮，图块定义完毕。

(4) 调用"插入图块"命令，打开【插入】对话框，在此选取要插入的图块名，并设置好插入点、缩放比例和旋转角度，单击"确定"按钮，完成块的插入。再设置块的属性值即可完成带属性块插入的操作。

2) 定义和使用属性图块举例

下面为定义和使用属性图块的操作步骤示例。

(1) 绘制好要定义图块的图形，如图 5-18(a) 所示。

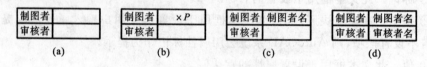

图 5-18　定义带属性图块

(2) 在命令行输入"STYLE"命令打开【文字样式】对话框，设置文字样式。

(3) 在命令行输入"DDATTDEF"命令，打开【属性定义】对话框，设置模式及属性框架组参数，如图 5-19 所示。

(4) 单击"拾取点"按钮，在图 5-18(b) 中单击点"P"，设置属性插入点。

(5) 在"文字选项"复选框的"对正"文本框中选择"左"对正，文字样式及其他选项按图 5-19 所示设置，单击"确定"按钮完成一个属性设置。如图 5-18（c）所示，在插入块属性的地方显示"标记"的文字信息。

(6) 在命令行输入"DDATTDEF"命令，打开图 5-19 所示【属性定义】对话框，勾选"在上一个属性定义下对齐"复选框，其他设置如图 5-20 所示。单击"确定"按钮后，得出如图 5-18 所示的效果。

(7) 现在进行块储存。输入"WBLOCK"命令，打开【写块】对话框。选择"源"为对象，选择"拾取点"按钮，确定插入块的基点。单击"选择对象"按钮，选择图 5-21 所示图形元素所包含属性作为保存块的对象，选中"转换为块"单选钮，在"目标"处输入相应的文件路径及文件名，设置"插入单位"为"毫米"，如图 5-21 所示。

图 5-19　【属性定义】对话框 1

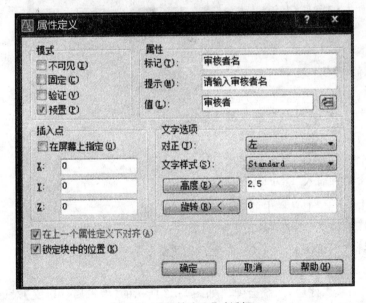

图 5-20　【属性定义】对话框 2

（8）单击"确定"按钮完成块存储，图 5-18（d）所示即为转化为块的结果。从图
5-18(d)中可以看出，在图块中定义了属性的地方显示了相应的默认属性值。

（9）进行块属性的编辑。

图 5-21 存储块的设置

5.6.3 修改块属性

1. 使用"DDEDIT"命令修改属性参数

（1）执行"DDEDIT"命令。

修改属性参数有以下 3 种方式。

① 从命令行输入"DDEDIT"命令。

② 单击"文字"工具栏中的 $\boxed{A'}$ 按钮。

③ 选择下拉菜单中的"修改"→"对象"→"文字"→"编辑"选项。

（2）执行"DDEDIT"命令后，命令行出现提示：

选择注释对象或[放弃(u)]：

选择要修改的块属性后，系统会弹出如图 5-22 所示的【编辑属性定义】对话框。在该对话框的相应位置的文本框内修改块属性的标记、提示及初始默认值，然后单击"确定"按钮即可修改参数值。

2. 使用"JUSTIFYTEXT"命令修改块属性文字对正方式

（1）执行"JUSTIFYTEXT"命令。

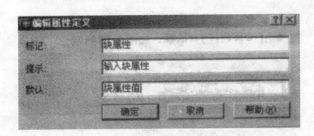

图 5-22 【编辑属性定义】对话框

修改块属性文字对正方式有以下 3 种方式。

① 从命令行输入"JUSTIFYTEXT"命令。

② 单击"文字"工具栏中的![A]按钮。

③ 选择下拉菜单中的"修改"→"对象"→"文字"→"对正"选项。

(2) 执行"JUSTIFYTEXT"命令后,命令行出现如下提示。

选择对象:

根据提示执行,用鼠标指针选择块属性,系统在命令行接着提示:输入对正选项[现有(E)/左(L)/中心(C)/中间(M)/右(R)/左上(TL)/中上(TC)/右上(TR)/左中(ML)/正中(MC)/左下(BL)/中下(BC)/右下(BR)]〈现有〉:

根据提示设置块属性文字对正方式。

3. 利用特性命令修改块属性定义

先选中要修改的属性,在命令行输入"PROPERTIES"命令后,系统会弹出【特性】对话框。使用该对话框,除了可以实现"DDEDIT"命令及"JUSTIFYTEXT"命令的功能外,还可以修改文字样式、文字高度、旋转角度以及其他属性模式参数特性。

5.6.4 编辑块属性

图块定义好后,用户就可以在图形中引用这些图块了。通过 AutoCAD 提供的编辑块属性命令,用户可对图块中的属性值、文字样式、对正方式及旋转角度等参数进行编辑,以便更好地绘制工程图纸中相同图形不同块属性值的图形元素。

1. 利用属性编辑命令编辑块属性值

在命令行中输入"DDATTE"、"ATTEDIT"或"ATE"命令。命令格式为

输入命令:attedit↙

用鼠标拾取绘图窗口具有块属性的图块对象,选择块参照系统会弹出【编辑属性】对话框,如图 5-23 所示。

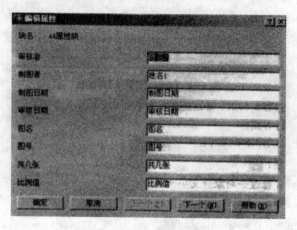

图 5-23 【编辑属性】对话框

在【编辑属性】对话框中进行以下各项设置。

① 块名：用于编辑图块中各个属性值。其中，左边显示为设置块属性时的"提示"文字，右边显示对应的属性默认值。

② "上一个"按钮：用于属性超过 8 个时翻页用。

③ "下一个"按钮：用于属性超过 8 个时翻页用。

④ "确定"按钮：应用新的属性值到对应的块属性中。

2. 利用增强属性编辑器编辑块属性

(1) 调用"EATTEDIT"命令可以有以下 3 种方式。

① 从命令行输入"EATTEDIT"命令。

② 单击"修改"工具栏中的 按钮。

③ 选择下拉菜单中的"修改"→"对象"→"属性"→"单个"选项。

执行以上命令或双击带属性的图块，系统会打开如图 5-24 所示的【增强属性编辑器】对话框。

(2)【增强属性编辑器】对话框中各选项说明如下。

① 块。该选项显示编辑属性的图块名。

② 标记。该选项显示要编辑属性的属性名。

③ 选择块。单击该按钮后，系统切换回绘图窗口并提示用户选择要进行编辑的图块。选中后返回对话框，选中的图块处于当前编辑状态。

④ 属性。该选项用于编辑块中的属性值。

⑤ 文字选项。该选项用于编辑属性文本的特性，如图 5-25 所示。

⑥ 特性。该选项用于修改图块属性其他特性，如图 5-26 所示。

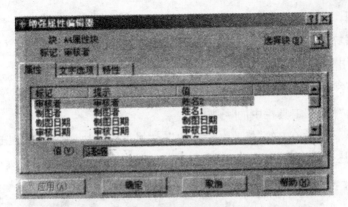

图 5-24 【增强属性编辑器】对话框

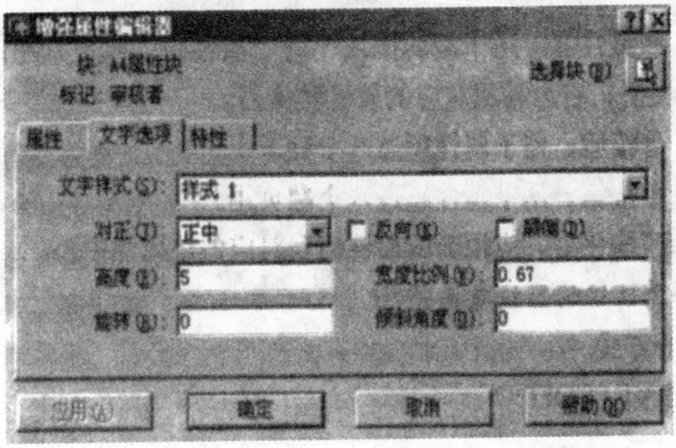

图 5-25 【增强属性编辑器】对话框"文字选项"选项卡

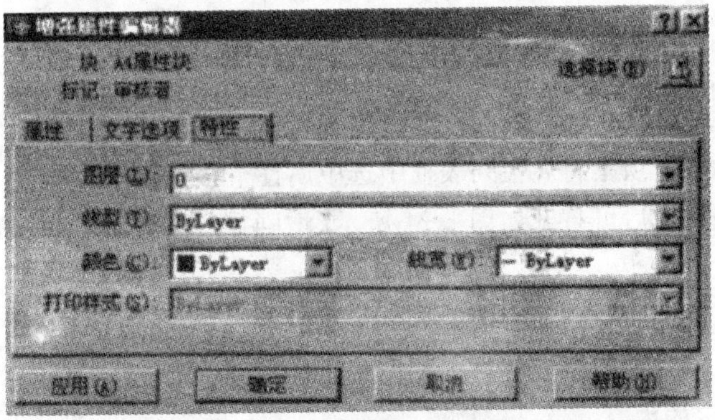

图 5-26 【增强属性编辑器】对话框"特性"选项卡

⑦应用。选中该按钮后,编辑的图块应用于新编辑的参数值。

3. 利用块属性管理器编辑块属性

(1) 调用"BATTMAN"命令可以有以下 3 种方式。

① 从命令行输入"BATTMAN"命令。

② 单击"修改"工具栏中的 按钮。

③ 选择下拉菜单中的"修改"→"对象"→"属性"→"块属性管理器"选项。

执行上述操作后,系统会弹出【块属性管理器】对话框,如图 5-27 所示。

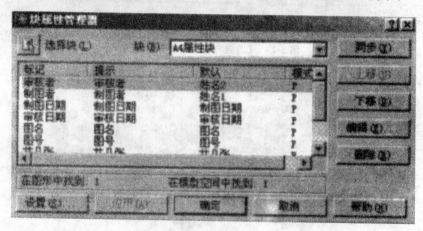

图 5-27　【块属性管理器】对话框

(2) 在对话框中设置以下选项。

① 选择块。该选项指用户在绘图窗口选择编辑的块。

② 块。该选项指列出当前图形中含有属性的所有块的名称。

③ 属性。该选项指显示当前所选块的属性,包括标识、提示、默认等。

④ 同步。该选项指更新已修改属性特性定例。

⑤ 上移。该选项指将属性列表框中选中属性上移一行。

⑥ 下移。该选项指将属性列表框中选中属性下移一行。

⑦ 编辑。单击后可打开如图 5-24 所示【增强属性编辑器】对话框,可进行块属性编辑。

⑧ 删除。该选项指删除所选的某个属性。

⑨ 设置。单击该按钮后可打开如图 5-28 所示【设置】对话框,用于设置在属性列表框中需显示的内容。

图 5-28 【设置】对话框

综 合 练 习

5-1　块的特点是什么？如何进行块的定义？

5-2　创建块的方法有哪几种？它们有什么区别？

5-3　如何进行图块属性的定义及块的存储？

5-4　如何编辑定义的属性？如何修改块属性？

5-5　外部参照的意义是什么？

5-6　如何编辑和修改外部参照？

第6章 图纸布局与打印

使用 AutoCAD 创建图纸后,用户有时还需要将其打印出来。在 AutoCAD 2006 中,大大增强了打印功能,打印的图形可以是单一的视图图形,也可以是复杂排列的视图图形。

6.1 添加绘图设备

AutoCAD 可以使用本地打印机或者网络中的打印设备输出图形。首次从 AutoCAD 2006 输出图纸之前,必须为系统配置绘图设备。传统的打印机或绘图仪都可以使用相同的方法添加到 AutoCAD 系统中。

添加打印机的一般步骤如下。

(1) 了解要配置打印机的性质,包括打印机的品牌、型号和规格。

(2) 了解打印机与计算机的连接方式,如串行、并行和网络。

(3) 安装由操作系统或 Autodesk 公司提供的打印驱动程序。

(4) 通过添加打印机向导添加打印机。

(5) 通过"打印机配置管理器"配置打印机。

6.1.1 添加打印机

添加打印机的操作步骤如下。

(1) 调用打印机管理器。在 AutoCAD 2006 中,调用打印机管理器的方法有以下 3 种。

• 从命令行输入"PLOTTERMANAGER"命令。

• 通过菜单栏中的"工具"→"向导"→"添加绘图仪"选项。

• 通过菜单栏中的"文件"→"绘图仪管理"选项。

执行上述操作后,系统会弹出"Plotters"窗口,如图 6-1 所示。

(2) 在"Plotters"窗口中双击"添加绘图仪向导"图标,弹出【添加绘图仪-简介】对话框,如图 6-2 所示。

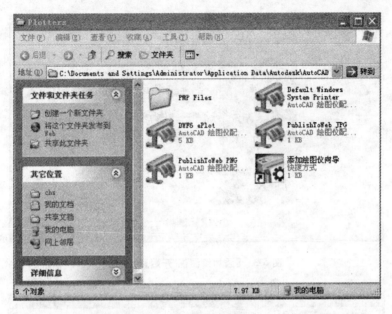

图 6-1 "Plotters"窗口

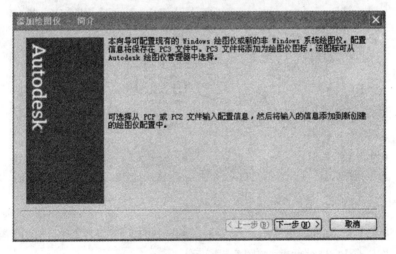

图 6-2 【添加绘图仪-简介】对话框

（3）单击【添加绘图仪-简介】对话框中的"下一步"按钮，弹出【添加绘图仪-开始】对话框，如图 6-3 所示。在该对话框中，选中"我的电脑"单选项。

（4）单击【添加绘图仪-开始】对话框中的"下一步"按钮，打开【添加绘图仪-绘图仪型号】对话框，如图 6-4 所示。在该对话框中，选择打印机的生产商和型号。

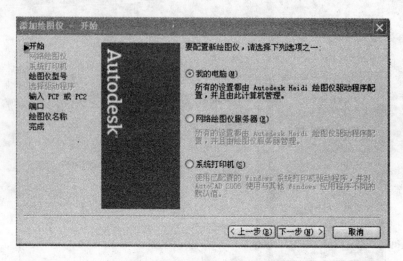

图 6-3 【添加绘图仪-开始】对话框

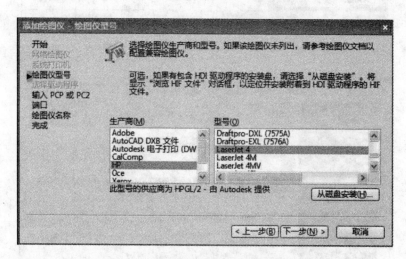

图 6-4 【添加绘图仪-绘图仪型号】对话框

（5）单击【添加绘图仪-绘图仪型号】对话框中的"下一步"按钮,打开【添加绘图仪-输入 PCP 或 PC2】对话框,如图 6-5 所示。

（6）单击【添加绘图仪-输入 PCP 或 PC2】对话框中的"下一步"按钮,打开【添加绘图仪-端口】对话框,如图 6-6 所示。在该对话框中,选择打印机使用的端口。

（7）单击【添加绘图仪-端口】对话框中的"下一步"按钮,打开【添加绘图仪-绘图仪名称】对话框。在该对话框的"绘图仪名称"文本框中,页面自动显示用户在第（4）步中选择的绘图仪型号,同时允许用户自定义新的名称,如图 6-7 所示。

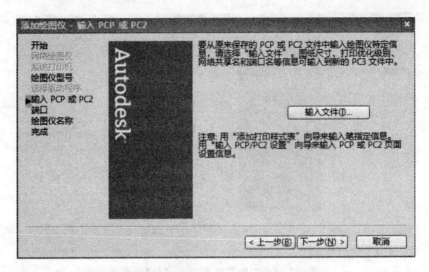

图 6-5　【添加绘图仪-输入 PCP 或 PC2】对话框

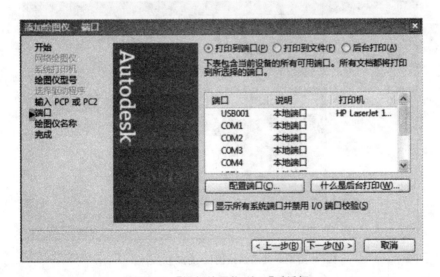

图 6-6　【添加绘图仪-端口】对话框

　　(8) 单击【添加绘图仪-绘图仪名称】对话框中的"下一步"按钮，打开【添加绘图仪-完成】对话框，如图 6-8 所示。

　　(9) 单击【添加绘图仪-完成】对话框中的"完成"按钮，完成添加绘图仪操作。

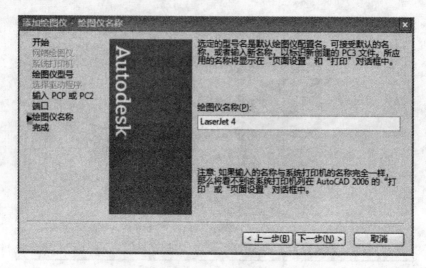

图 6-7 【添加绘图仪-绘图仪名称】对话框

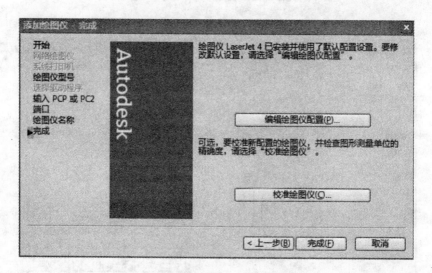

图 6-8 【添加绘图仪-完成】对话框

6.1.2 配置打印机

完成添加打印机操作以后，重新打开"打印机管理器"窗口，此时该窗口多了一个打印图标"LaserJet 4"，如图 6-9 所示。双击该图标，即可进行打印机配置。

启动【绘图仪配置编辑器-LaserJet 4.pc3】对话框有以下 3 种方法。

图 6-9　"打印机管理器"窗口

• 在 Windows 资源管理器中双击某个打印机配置文件（以.pc3 为文件扩展名），或者在该文件上单击右键，然后从快捷菜单中选择"打开"选项。

• 在"添加绘图仪向导"的【添加绘图仪-完成】对话框中，单击"编辑绘图仪配置"按钮。

• 通过菜单"文件"→"打印"选项，在弹出的【打印-模型】对话框中单击"特性"按钮。

启动【绘图仪配置编辑器-LaserJet 4.pc3】对话框后，该页面包含"基本"、"端口"、"设备和文档设置"3 个选项卡，用户可以通过该页面进行相关的配置操作。

1. 打印机配置说明

在【绘图仪配置编辑器-LaserJet 4.pc3】对话框中，单击"基本"选项卡，弹出如图 6-10 所示窗口。在"基本"选项卡的"说明"文本框内，用户可以添加打印机的配置说明，或者修改现有的配置说明。单击"确定"按钮，保存配置或修改说明结果。

2. 配置端口

配置端口的操作步骤如下。

（1）在【绘图仪配置编辑器-LaserJet 4.pc3】对话框中，单击"端口"选项卡，弹出如图 6-11 所示窗口。

图 6-10　【绘图仪配置编辑器-LaserJet 4. pc3】对话框的"基本"选项卡

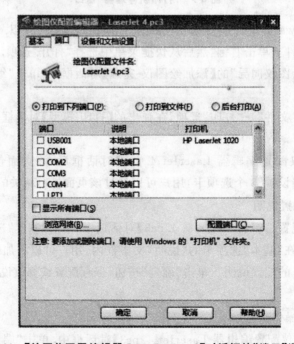

图 6-11　【绘图仪配置编辑器-LaserJet 4. pc3】对话框的"端口"选项卡

（2）在"端口"选项卡中，用户可以有以下 3 种端口选择。

· 打印到下列端口：通过指定端口将图形发送到打印机。

· 打印到文件：将图形发送到文件，文件名在【选项】对话框的"文件"选项卡中指定。

· 后台打印：指定以后台打印程序打印图形，程序在【选项】对话框的"文件"选项卡中指定。

（3）在"端口"选项卡中指定一个端口后，单击"配置端口"按钮来配置端口的物理特性。对于串行端口，将弹出如图 6-12 所示的【设置 COM1 端口】对话框；对于并行端口，将弹出如图 6-13 所示的【配置 LPT1 端口】对话框。

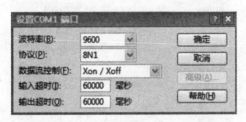

图 6-12 【设置 COM1 端口】对话框

图 6-13 【配置 LPT1 端口】对话框

（4）如果使用的是非系统打印机，并且要连接到另一个设备时，则单击"浏览网络"按钮，将弹出【连接到打印机】对话框。在该对话框中，选择共享打印设备。

（5）单击"确定"按钮，保存用户设置结果。

3. 设置设备和文档

在【绘图仪配置编辑器-LaserJet 4.pc3】对话框中，单击"设备和文档设置"选项卡，如图 6-14 所示。在该选项卡中，用户可以对打印机的介质、特性、图纸尺寸、标准图纸的可打印区域等进行设置。

在该选项卡中的树状视图包含以下 5 个选项。

（1）介质：指定纸张来源、大小、类型与目标。

（2）图形：指定用于打印矢量图形、光栅图形和 TrueType 字体的设置，以及用

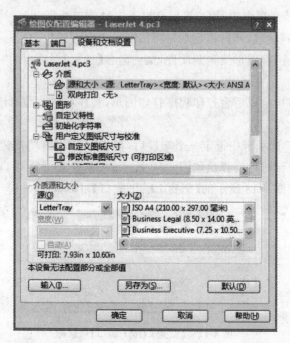

图 6-14　【绘图仪配置编辑器-LaserJet 4. pc3】对话框的"设备和文档设置"选项卡

于交叉线外观的设置。

（3）自定义特性：显示与设备驱动程序相关的设置。它可以自定义一些非标准图幅的图纸尺寸。

（4）初始化字符串：设置初始化之前、初始化之后和终止打印机字符串。

（5）用户定义图纸尺寸与校准：将打印模型参数（PMP）文件附着到 PC3 文件中，校准打印机，添加、删除或修正自定义纸张大小。

6.2　打印样式

打印样式同图层、线型、颜色等一样，也是对象的特性之一。如果在打印时使用打印样式，那么打印机将按照打印样式指定的线型、线宽、颜色等特性输出图纸。

6.2.1　设置打印样式表类型

AutoCAD 2006 提供了以下两种类型的打印样式表。

1. 颜色相关打印样式表

该打印样式表以".ctb"为文件扩展名保存,以对象的颜色为基础,共 255 种打印样式,每种 ACI 颜色对应一个打印样式,样式名分别为 COLOR1、COLOR2 等。颜色相关打印样式表既不能添加或删除颜色相关打印样式,也不能更改名称。

2. 命名相关打印样式表

该打印样式表以".stb"为文件扩展名保存,包括用户自定义的打印样式。可修改打印样式设置及其名称,也可以添加新的样式。命名打印样式可以独立于对象的颜色使用,用户可以不管对象的颜色而给对象制定任意一种打印样式。

设置打印样式表类型的步骤如下。

(1) 单击菜单栏中的"工具"→"选项"选项,在弹出的【选项】对话框中单击"打印和发布"选项卡,如图 6-15 所示。

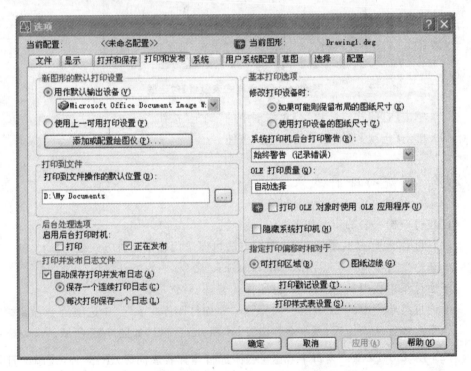

图 6-15　【选项】对话框中的"打印和发布"选项卡

(2) 在【选项】对话框中,单击"打印样式表设置"按钮,弹出【打印样式表设置】对话框。在"新图形的默认打印样式"中可以选择"使用颜色相关打印样式"或"使用命名打印样式",如图 6-16 所示。

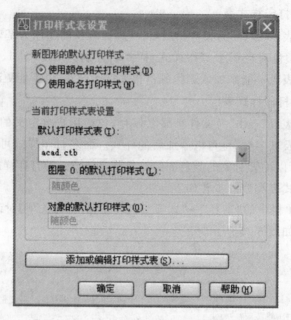

图 6-16 【打印样式表设置】对话框

(3) 单击【打印样式表设置】对话框中的"确定"按钮。

(4) 单击【选项】对话框中的"确定"按钮。

6.2.2 创建打印样式表

创建打印样式表的步骤如下。

(1) 调用"打印样式管理器"。调用方法可以采用以下 3 种方式之一。

• 在命令行里输入"STYLESMANAGER"命令。

• 通过菜单栏中的"文件"→"打印样式管理器"选项。

• 通过菜单栏中的"工具"→"向导"→"添加打印样式表"菜单选项。

执行上述任一操作后,系统会弹出"Plot Styles"窗口,如图 6-17 所示。

(2) 在"Plot Styles"窗口中双击 (添加打印样式表向导)图标,弹出【添加打印样式表】对话框,如图 6-18 所示。

(3) 单击【添加打印样式表】对话框中的"下一步"按钮,弹出【添加打印样式表-开始】对话框。该对话框提供 4 个可选项:"创建新打印样式表"、"使用现有打印样式表"、"使用 R14 绘图仪配置"与"使用 PCP 或 PC2 文件"。本操作以选择"创建新打印样式表"为例,如图 6-19 所示。

图 6-17　"Plot Styles"窗口

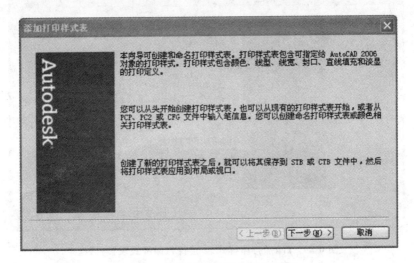

图 6-18　【添加打印样式表】对话框

（4）单击【添加打印样式表-开始】对话框中的"下一步"按钮,打开【添加打印样式表-选择打印样式表】对话框。在该对话框中,选中"颜色相关打印样式表"可选项,如图 6-20 所示。

（5）单击【添加打印样式表-选择打印样式表】对话框中的"下一步"按钮,打开

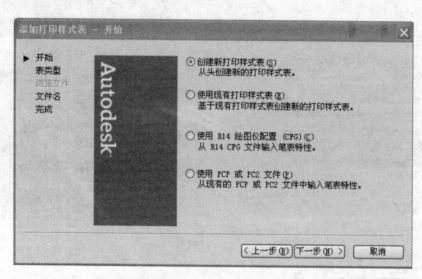

图 6-19　【添加打印样式表-开始】对话框

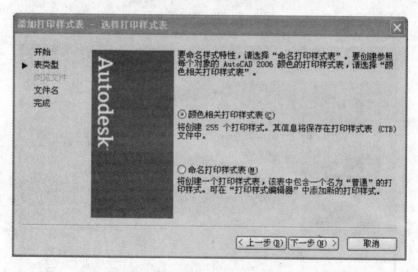

图 6-20　【添加打印样式表-选择打印样式表】对话框

【添加打印样式表-文件名】对话框。在该对话框的"文件名"文本框中,输入用户自定义的新打印样式名,如图 6-21 所示。

　　(6)单击【添加打印样式表-文件名】对话框中的"下一步"按钮,打开【添加打印样式表-完成】对话框,如图 6-22 所示。单击该对话框中的"完成"按钮,完成新打印样式表的创建操作。

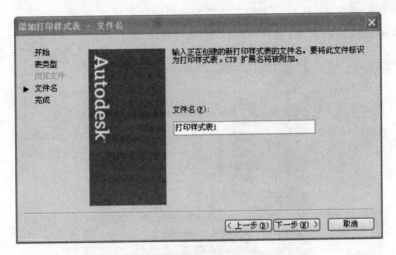

图 6-21　【添加打印样式表-文件名】对话框

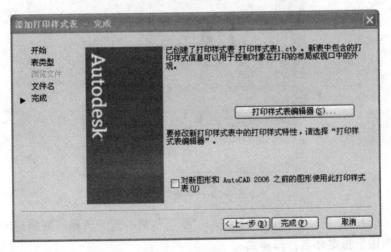

图 6-22　【添加打印样式表-完成】对话框

6.2.3　使用命名相关打印样式表

在使用命名相关打印样式表的图形中,用户可以为对象和图层指定打印样式,其方法与指定线型和颜色的方法相同。

1. 为对象指定命名打印样式

为对象指定命名打印样式的操作步骤如下。

（1）在绘图区中,选择一个或多个需要修改打印样式的对象。

（2）双击选定的对象,打开"特性"窗口,如图 6-23 所示。

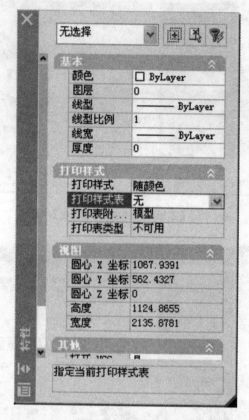

无选择

基本

颜色	□ ByLayer
图层	0
线型	—————— ByLayer
线型比例	1
线宽	—————— ByLayer
厚度	0

打印样式

打印样式	随颜色
打印样式表	无
打印表附...	模型
打印表类型	不可用

视图

圆心 X 坐标	1067.9391
圆心 Y 坐标	562.4327
圆心 Z 坐标	0
高度	1124.8655
宽度	2135.8781

其他

指定当前打印样式表

图 6-23 "特性"窗口

（3）在"特性"窗口中,单击"打印样式"的下拉列表框并选择需要的打印样式。

2. 为图层指定命名打印样式

为图层指定命名打印样式的操作步骤如下。

（1）单击工具栏中的 （图层特性管理器）图标,弹出【图层特性管理器】对话框。在该对话框中,选择要修改打印样式的图层,如图 6-24 所示。

（2）单击选定图层的"打印样式"列,弹出【选择打印样式表】对话框。在该对话框中选择要使用的打印样式。

（3）单击【选择打印样式表】对话框中的"确定"按钮。

（4）完成修改打印样式操作后,单击【图层特性管理器】对话框中的"确定"按钮。

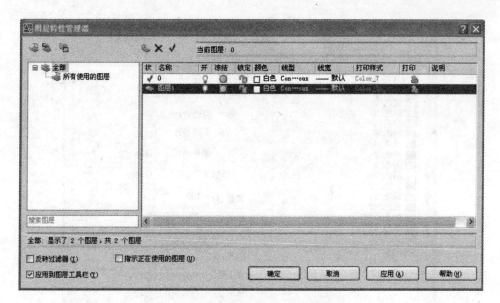

图 6-24　【图层特性管理器】对话框

6.2.4　修改打印样式表

AutoCAD 的打印样式管理器中保存的"颜色相关打印样式表"与"命名相关打印样式表"以不同图标来区分,二者图标分别如图 6-25 与图 6-26 所示。

图 6-25　"颜色相关打印样式表"图标　　　　**图 6-26　"命名相关打印样式表"图标**

1. 修改颜色相关打印样式表

修改颜色相关打印样式表的操作步骤如下。

(1) 调用打印样式管理器,在"Plot Styles"窗口双击要修改的颜色相关打印样式表,弹出【打印样式表编辑器-打印样式表 1.ctb】对话框,如图 6-27 所示。

(2) 单击【打印样式表编辑器-打印样式表 1.ctb】对话框中的"格式视图"选项卡,在"打印样式"列表框中选择要修改的打印样式,例如"颜色 5"。在"特性"组合框中修改相应的选项,例如"线宽:0.7000 毫米"。

(3) 单击【打印样式表编辑器-打印样式表 1.ctb】对话框中的"保存并关闭"按钮。

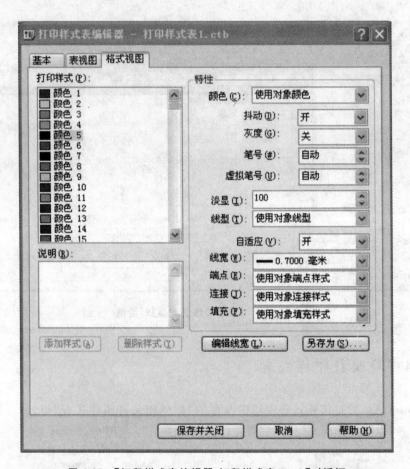

图 6-27　【打印样式表编辑器-打印样式表 1.ctb】对话框

2. 修改命名相关打印样式表

修改命名相关打印样式表的操作步骤如下。

（1）调用打印样式管理器，双击要修改的命名相关打印样式表，弹出【打印样式表编辑器-acad.stb】对话框，如图 6-28 所示。

（2）单击【打印样式表编辑器-acad.stb】对话框中的"格式视图"选项卡，在"打印样式"列表框中选择要修改的打印样式。在"特性"组合框中选择要修改的相应选项。

（3）单击"格式视图"选项卡中的"添加样式"按钮或"删除样式"按钮，修改"打印样式"列表框中供选择的样式。

（4）单击【打印样式表编辑器-acad.stb】对话框中的"保存并关闭"按钮。

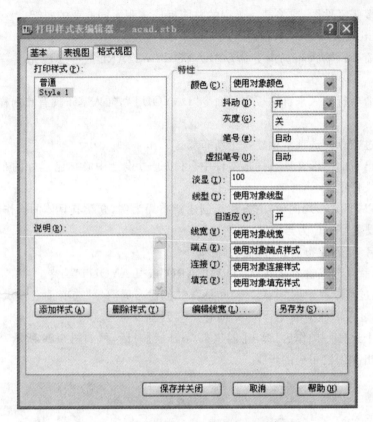

图 6-28　【打印样式表编辑器-acad.stb】对话框

6.3　图 纸 布 局

　　图纸空间在 AutoCAD 中的表现形式就是布局。布局可以看成是一张图纸，并提供预置的打印页面设置。在布局中，用户可以创建和定位视口，并生成图框、标题栏等。

6.3.1　创建布局

　　一个图形文件的模型空间只有一个，而布局可以设置多个。这样就可以实现用多张图纸多侧面地反映同一个实体或图形对象。例如，可以将在模型空间绘制的装配图拆成多张零件图,或将某一工程的总图拆成多张不同专业的图纸。

在 AutoCAD 2006 中,创建布局有以下 4 种方法。

·在命令行输入布局向导命令"LAYOUTWIZARD",再逐步完成一个新布局的创建。

·在命令行输入来自样板布局命令"LAYOUT",插入基于现有布局样板的新布局。

·通过"布局"选项卡创建一个新布局。

·从已有的图形文件或样板文件中,可以通过设计中心把已建好的布局拖入到当前图形文件中。

下面以采用"布局向导"的方法来创建新布局为例,介绍其具体的操作步骤。

(1)设置"视口"为当前层。

(2)启动【创建布局】对话框,方法如下。

① 在命令行里输入"LAYOUTWIZARD"或"LAYOUT"命令。

② 通过菜单栏中的"工具"→"布局"→"创建布局向导"选项。

③ 通过菜单栏中的"工具"→"向导"→"创建布局"选项。

执行上述任一操作后,弹出【创建布局-开始】对话框,如图 6-29 所示。该对话框的左侧列出了创建布局的步骤。

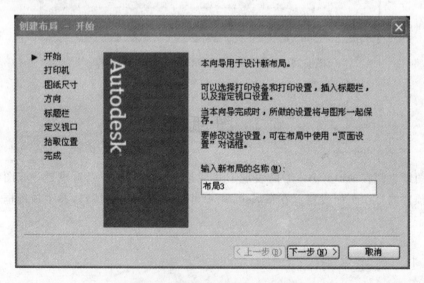

图 6-29 【创建布局-开始】对话框

(3)在【创建布局-开始】对话框的"输入新布局的名称"文本框中,用户可以输入该布局的名称。单击"下一步"按钮,打开【创建布局-打印机】对话框,如图 6-30 所示。在该对话框中,可以为新布局选择已配置好的打印设备。如果没有安装打印机,则可选择 DWF6 ePlot.pc3。

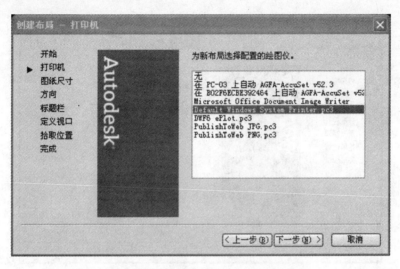

图 6-30　【创建布局-打印机】对话框

(4) 单击【创建布局-打印机】对话框中的"下一步"按钮,打开【创建布局-图纸尺寸】对话框。在该对话框中,选择图形所用单位,并在下拉列表框中选择布局使用的图纸尺寸,如图 6-31 所示。

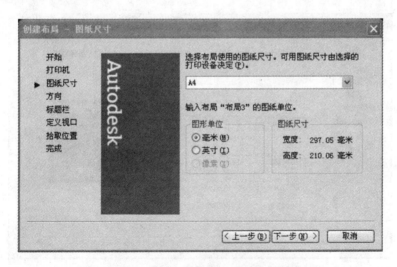

图 6-31　【创建布局-图纸尺寸】对话框

　　(5)单击【创建布局-图纸尺寸】对话框中的"下一步"按钮,打开【创建布局-方向】对话框,如图 6-32 所示。在该对话框中,可以确定图形在图纸上的方向为横向或纵向。

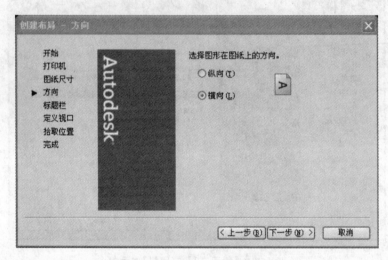

图 6-32　【创建布局-方向】对话框

　　(6)单击【创建布局-方向】对话框中的"下一步"按钮,打开【创建布局-标题栏】对话框,如图 6-33 所示。在该对话框中,可以选择用于此布局的标题栏。同时,在"类型"选项中,可以设置所选择的图框和标题栏文件是作为块插入还是作为外部参照插入。

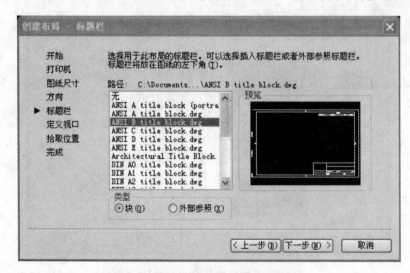

图 6-33　【创建布局-标题栏】对话框

（7）单击【创建布局-标题栏】对话框中的"下一步"按钮，打开【创建布局-定义视口】对话框，如图 6-34 所示。在该对话框中，可以设置新建布局中视口的个数和形式、视口中的视图与模型空间的比例关系。

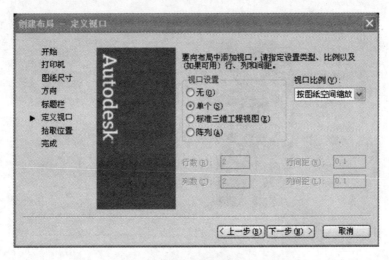

图 6-34 【创建布局-定义视口】对话框

（8）单击【创建布局-定义视口】对话框中的"下一步"按钮，打开【创建布局-拾取位置】对话框，如图 6-35 所示。在该对话框中，单击"选择位置"按钮切换到 AutoCAD绘图窗口之后，通过指定两个对角点来设置视口的大小与位置。

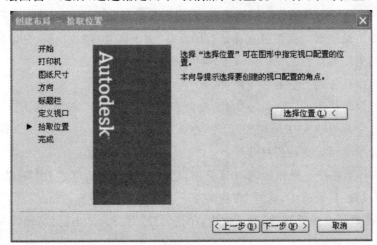

图 6-35 【创建布局-拾取位置】对话框

(9) 设置视口的大小和位置后,在【创建布局-拾取位置】对话框中单击"下一步"按钮,弹出【创建布局-完成】对话框,如图 6-36 所示。单击"完成"按钮,所创建的布局出现在页面上,包括视口、视图、图框和标题栏。

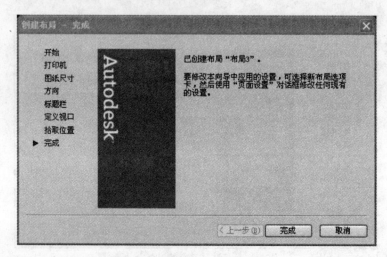

图 6-36 【创建布局-完成】对话框

6.3.2 页面设置

在 AutoCAD 中准备打印图形之前,用户需要通过布局功能创建多个视图布局,设置需要输出的图形。页面设置确定打印设备、图纸尺寸、缩放比例、打印区域、打印原点和旋转角度等特性。

进行页面设置的方法有以下两种。

· 通过菜单栏中的"文件"→"页面设置管理器"选项。

· 在命令行里输入"PAGESETUP"命令。

下面介绍页面设置的操作步骤。

(1) 执行上述任一操作后,弹出【页面设置管理器】对话框,如图 6-37 所示。在"当前页面设置"列表框中,选择"布局 3"。

(2) 在【页面设置管理器】对话框中,单击"修改"按钮,弹出【页面设置-布局 3】对话框,如图 6-38 所示。

(3) 在【页面设置-布局 3】对话框中,在"打印机/绘图仪"组合框里选择打印机的名称,从"打印样式表(笔指定)"组合框里选择打印样式表。

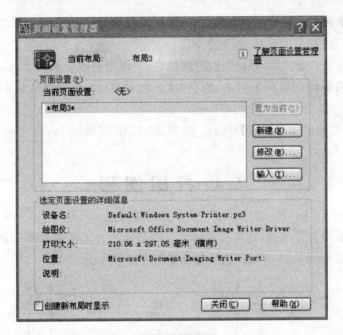

图 6-37　【页面设置管理器】对话框

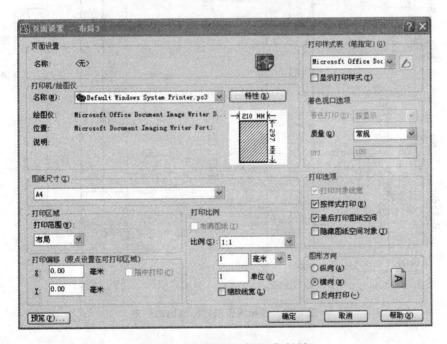

图 6-38　【页面设置-布局 3】对话框

（4）根据需要设置或修改其他属性，包括图纸尺寸、打印区域、打印偏移、打印比例、着色视口选项、打印选项、图形方向等。

（5）页面设置完成后，单击"预览"按钮，查看图形打印效果。

（6）如果打印效果满足需求，则单击【页面设置-布局 3】对话框中的"确定"按钮。

（7）在【页面设置管理器】对话框中，单击"关闭"按钮。

6.4 打印图形

图形页面设置完成后，即可打印输出。本节通过一个图形打印实例介绍两种常用的打印方法将图 6-39 所示的图形按标准图纸打印输出。

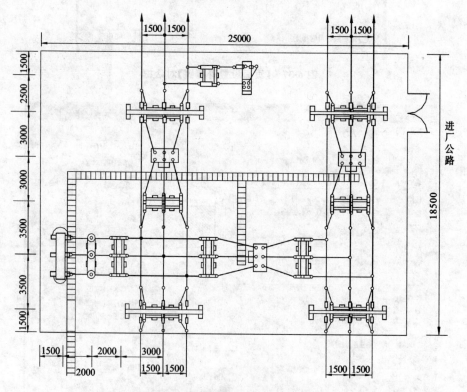

图 6-39 按标准图纸打印输出的图形

6.4.1　从模型空间出图

从模型空间出图的操作步骤如下。

（1）单击菜单栏中的"文件"→"打印"选项，弹出【打印-模型】对话框，如图 6-40 所示。

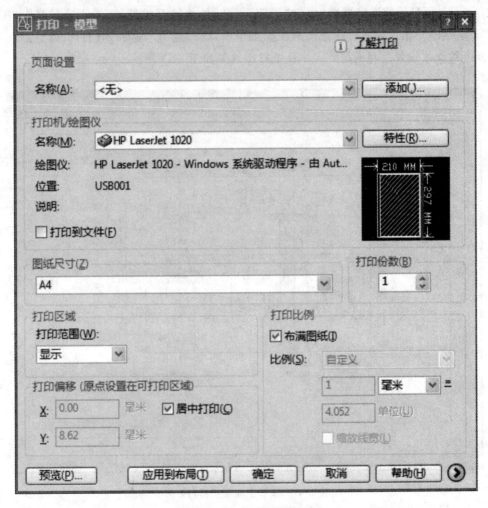

图 6-40　【打印-模型】对话框

（2）在【打印-模型】对话框的"打印机/绘图仪"选项的"名称"下拉列表框中选择打印设备"HP LaserJet 1020"。如果需要修改打印特性，则单击右侧的"特性"按钮，在弹出的【绘图仪配置编辑器】对话框中进行修改。

（3）在【打印-模型】对话框的"图纸尺寸"的下拉列表框中选择标准图纸。

（4）在【打印-模型】对话框的"打印区域"选项的"打印范围"下拉列表框中选择"显示"。

（5）在【打印-模型】对话框的"打印偏移"选项中选中"居中打印"。

（6）完成上述设置后，单击"预览"按钮。

（7）预览后若满足要求，单击"确定"按钮，绘图仪开始打印；若不满足要求，按"Esc"键或单击鼠标右键在弹出的快捷菜单中选择"退出"，返回到【打印-模型】对话框继续修改设置直到满足要求。预览打印效果如图 6-41 所示。

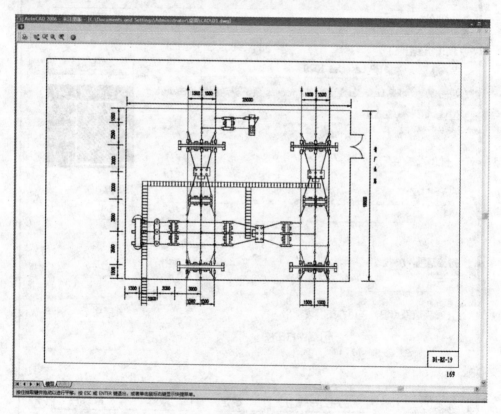

图 6-41 模型空间预览打印效果

6.4.2　从布局空间出图

布局的图纸空间就像一张虚拟图纸,可以将一个图形布置在一个布局中,也可以通过布置多个视口,在一个布局中布置多个图形。

从布局图纸空间出图的操作步骤如下。

(1)单击菜单栏中的"文件"→"打印"选项,弹出【打印-布局 1】对话框。

(2)在"打印机/绘图仪"选项的"名称"下拉列表框中选择 Windows 配置的系统打印机"HP LaserJet 1020"。

(3)在"图纸尺寸"的下拉列表框中选择"A4",其他按默认选项即可,如图 6-42 所示。

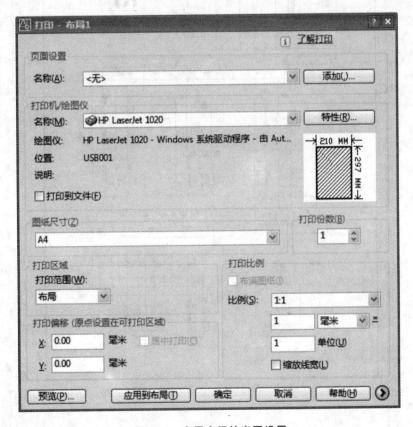

图 6-42　布局空间的出图设置

(4)单击"预览"按钮,预览打印效果,如图 6-43 所示。

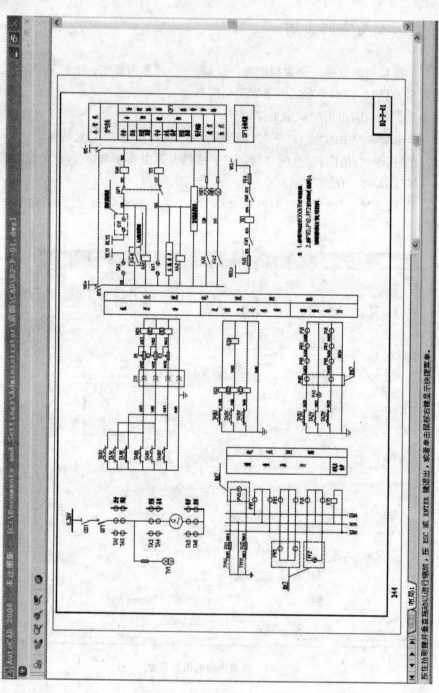

图 6-43 布局空间预览打印效果

综合练习

6-1　栅格点只会在绘图极限范围内显示,不会在绘图机上输出吗?

6-2　从图纸空间切换到模型空间是否至少有两个视口被激活并打开?

6-3　在打印样式表中选择或编辑一种打印样式,可编辑的扩展名是什么?

6-4　图纸方向设置的内容有哪些?

6-5　请为 AutoCAD 2006 软件添加本地或网络绘图仪。

6-6　简述图纸空间与模型空间有何异同。

6-7　试用 AutoCAD 2006 软件绘制图 6-44 所示图形,要求选择 A3 图纸,在模型空间或图纸空间输出图形。

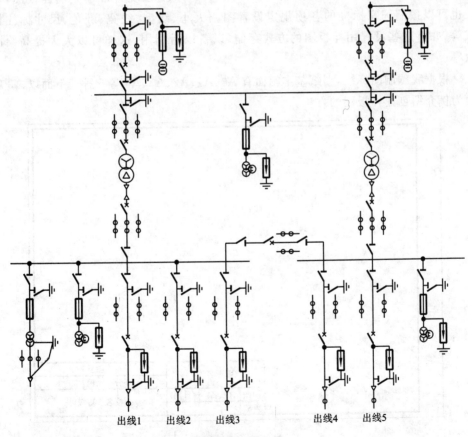

图 6-44　题 6-7

第7章 电气工程图的绘制

7.1 绘制样板图

样板图就是一个有某种特定用途的并创建好了格式的空文件,主要包括:绘图单位、图幅、图层、图框和标题栏、文字样式、尺寸标注样式、常用图形符号(如表面粗糙度符号、标准件符号等)的图块等。AutoCAD 2006 系统自带了一些样板图,用户也可以按照国家标准的各项规定设置图幅大小、线型、线宽、颜色、尺寸标注样式等,并将这些设置用样板图的方式存储,以备以后调用,这样可以大大提高绘图效率。

根据我国制图标准,图纸基本幅面有 A0、A1、A2、A3、A4 等 5 种。下面以 A3 幅面为例介绍创建样板图的方法。

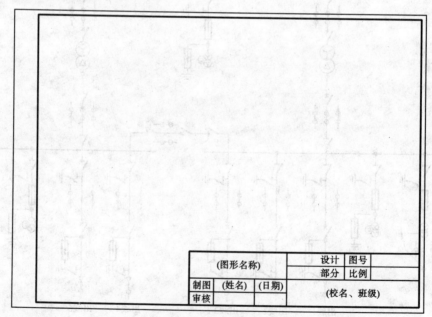

图 7-1 A3 样板图

7.1.1　用"Units"命令确定绘图单位

1. 功能

"Units"命令用来确定绘图时的长度单位、角度单位、精度和角度方向。

2. 输入命令方式

输入命令可以有以下两种方式。

(1) 选择下拉菜单中的"格式"→"单位"选项。

(2) 从命令行输入"Units"命令。

3. 命令的操作

激活命令后,弹出如图 7-2 所示的【图形单位】对话框。

图 7-2　【图形单位】对话框

(1) 设置长度。

① 类型:小数(即十进制数)。

② 精度:0.00。

(2) 设置角度。

① 类型:十进制度数(或度/分/秒)。

② 精度:0。

(3) 方向控制。

单击【图形单位】对话框中的"方向"按钮,会弹出【方向控制】对话框,如图 7-3 所示。一般不需修改其中状态,选取默认状态,即东向为 0°。

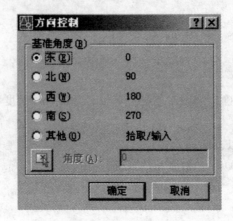

图 7-3 【方向控制】对话框

7.1.2 用"Limits"命令设置图幅

1. 功能

"Limits"命令用来确定绘图的范围。

2. 输入命令方式

输入命令可以有以下两种方式。

(1) 选择下拉菜单中的"格式"→"图形界线(A)"选项。

(2) 从命令行输入"Limits"命令。

3. 命令的操作

激活命令后,命令行提示如下。

指定左下角点或 [开(ON)/关(OFF)]〈0.0000,0.0000〉:↙ //接受默认值

指定右上角点〈420.0000,297.0000〉:↙   //接受默认值,命令结束

单击状态栏上的"栅格"按钮,显示栅格,则 A3 图幅仅占绘图界面左下角的一小部分。选择下拉菜单中的"视图"→"缩放"→"全部"选项,则全屏显示绘图的范围。

提示:(1) 系统默认图幅为 A3,若图幅为 A0、A1、A2、A4,则需键盘输入右上角的坐标值。

(2) 全屏显示绘图范围,还可单击"标准"工具栏的 按钮(单击"标准"工具栏的 按钮,在其弹出的子工具栏中选择)。

7.1.3　设置图层

1. 图层的特性

绘制电气图样需要多种线型,在手工绘图中,不论图样多么复杂,所有内容都是画在一张纸上的。而在 AutoCAD 2006 中可以利用不同的图层绘制不同的线型,将不同的内容分门别类地设计在多层透明的图面上。一个图层好像一张透明的纸,可以绘制一种图线,然后将坐标相同的不同层准确地叠加在一起,这样就可在一幅图中绘制出不同的线型。图层具有以下几个特性。

（1）一幅图样中的所有图层都具有相同的坐标系、绘图界限和缩放比例,且层与层之间是精确对齐的。

（2）在一幅图中,可以根据绘图需要指定任意数量的图层。系统对图层数量及每层所容纳的实体数量没有限制。

（3）同一图层上的实体具有相同的线型、颜色和线宽。

（4）每一个图层都应有一个图层名。当开始一幅新图时,系统自动提供层名为"0"的图层,其余图层根据需要定义名字,系统默认支持 255 个字符的图层名,无效字符包括:〈、〉、/、\、""、:、?、* 、=等。

（5）可以通过图层操作改变已有图层的层名、线型、颜色和线宽,也可以删除无用的图层。

（6）不同图层上的图形对象可以相互转换。

2. 启动【图层特性管理器】对话框

当打开一张新图时,AutoCAD 2006 会自动创建一个名为"0"的默认图层（该图层不能被删除和重命名）,绘图时可直接在"0"图层中进行。当"0"图层不能满足绘图需要时,用户可以通过图 7-4 所示的【图层特性管理器】对话框来新建图层。启动该对话框有下面 3 种方法。

（1）单击"图层"工具栏的 ▦ 按钮。

（2）选择下拉菜单中的"格式"→"图层"选项。

（3）从命令行输入"Layer"（或缩写 La）命令。

3. 创建新图层

在【图层特性管理器】对话框中,连续单击 ▦（新建）按钮,会在图层列表框中出现命名为:"图层 1"、"图层 2"……的新图层,且其图层的线型和颜色都和"0"图层相同。

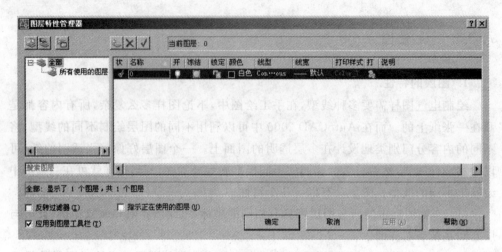

图 7-4 【图层特性管理器】对话框

为便于使用,新建的图层名可根据线型的功能来命名。如将"图层 1"的名字修改为"粗实线";将"图层 2"、"图层 3"、"图层 4"的名字分别改为"细点画线"、"细实线"和"虚线",如图 7-5 所示。

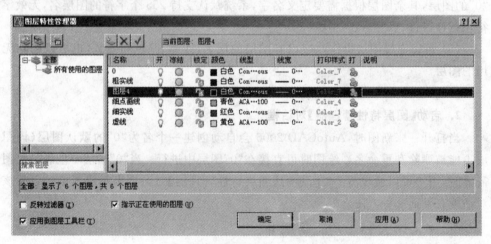

图 7-5 修改图层设置

4. 设置图层状态

图层状态包括图层打开／关闭、解冻／冻结、解锁／加锁以及打印／不打印。默认状态下,新创建的图层均为"打开"、"解冻"和"解锁"状态。【图层特性管理器】对话框中各图标的功能如下。

（1）图标 用来控制图层的打开或关闭。通过单击该图标，可实现打开或关闭图层的切换。若小灯泡的颜色呈黄色，表示对应图层打开；若小灯泡的颜色呈灰色，表示对应图层关闭。图层关闭时该图层不可见，可以绘图，但不能被选中和修改。

（2）图标 用来控制图层的解冻或冻结。太阳状表示对应图层解冻，雪花状表示该图层的图形被冻结。当图层被冻结时，该图层不可见，也不能被编辑。利用冻结功能，可提升 Zoom（缩放）、Pan（实时平移）等命令的执行速度。

（3）图标 用来控制图层的解锁与加锁。当图层被锁定时，该图层可见，并可在该图层绘图，但锁定的图形不能被编辑。

（4）图标 用来控制图层的打印与不打印。 表示该图层可打印； 表示对应图层的图形可见，但不可打印。

5. 设置图层颜色

默认状态下，新建图层的颜色均为白色（或黑色），为强调和区分对象，可根据需要为图层选择新的颜色。在【图层特性管理器】对话框中单击图层显示框内对应层上的颜色小方框，弹出图 7-6 所示的【选择颜色】对话框。在该对话框中，可选择所需颜色的图标。例如，在图 7-5 所示的"细实线"层上点击"颜色"下的小方块，出现图 7-6 所示的颜色对话框，点击要选的红色，然后单击"确定"按钮即可将细实线设置为红色。同样可将细点画线改为青色，将虚线改为黄色。对于正规的图纸，已颁布了国家标准，应按国家标准规定设置。

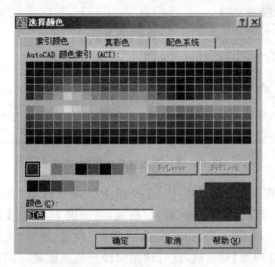

图 7-6　【选择颜色】对话框

6. 设置图层线型

默认状态下，新建图层的线型均为实线（Continuous）。在【图层特性管理器】对话框中，单击对应图层的 Continuous 标签，弹出如图 7-7 所示的【选择线型】对话框，单击该对话框中的"加载"按钮，弹出如图 7-8 所示的【加载或重载线型】对话框。

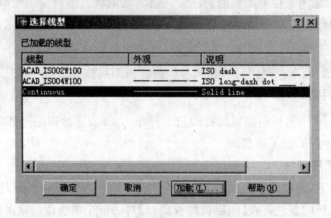

图 7-7　【选择线型】对话框

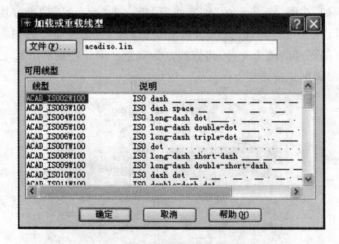

图 7-8　【加载或重载线型】对话框

在【加载或重载线型】对话框中，可根据需要选择线型（如需要虚线，则选择"ACAD_ISO02W100"线型），单击"确定"按钮，返回图 7-7 所示【选择线型】对话框；单击已加载的"ACAD_ISO02W100"线型，再单击"确定"按钮，系统接受所做的选择并返回【图层特性管理器】对话框，此时该图层线型变成虚线。同理可设置细点画线线型，在加载时细点画线可根据需要选择"ACAD_ISO034W100"（或 Center）。

7. 设置图层线宽

　　根据国家标准规定,绘制电气图样时,对不同线型应给出相应的线宽。改变线宽的方法为:在【图层特性管理器】对话框中单击该图层对应的线宽值,弹出图 7-9 所示的【线宽】对话框,可在其中为图层选择新的线宽,如为粗实线,选择新的线宽为 0.50 mm,单击"确定"按钮后,返回【图层特性管理器】对话框。

图 7-9　【线宽】对话框

　　为图层设置的线宽是否能显示在屏幕上,可通过开关状态栏上的 **线宽** 按钮来实现;并可通过右击 **线宽** 按钮对显示线宽的比例和默认线宽进行设置,如图 7-10 所示。

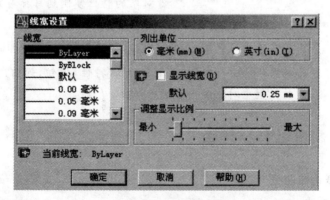

图 7-10　【线宽设置】对话框

7.1.4　修改线型比例

在 AutoCAD 系统提供的线型中,除实线外,其他线型都是由实线段、空白段、点组合而成的。系统对线型中每一小段的长度是按绘图单位进行定义的,在屏幕上显示的长度与使用时设置的缩放倍数及线型比例成正比。因此,当显示在屏幕上或从绘图机输出的线型,其每一小段的长度不合适时,可以通过"对象特性管理器"调整线型比例系数,使之与图形协调。

7.1.5　用特性匹配修改实体特性

图样中的图形元素、文字等称为实体。实体特性是指实体所在图层的颜色、线型、线宽等。使用 Matchprop 命令可对已绘制的实体特性进行修改。

输入命令有以下 3 种方式。

(1) 选择下拉菜单中的"修改"→"特性匹配"选项。

(2) 单击"标准"工具栏的 ✐(特性)按钮。

(3) 从命令行输入"Matchprop"命令。

激活命令后,屏幕上的十字光标变成拾取框"□",同时命令行提示如下。

选择源对象:　//将拾取框"□"放在源对象上,单击后出现🖌(格式刷)图标

选择目标对象或 [设置(S)]:　　　　//用格式刷单击需要修改的实体,即可将

源对象的特性复制到目标对象上

选择目标对象或 [设置(S)]:✓　　//结束命令

提示:修改实体特性还可以在图 7-11 所示的【特性】对话框中进行。其操作方法是:选中需要修改的对象,单击"标准"工具栏的 📝(特性)按钮,弹出图 7-11 所示的【特性】对话框,在该对话框中对相关内容进行修改。

7.1.6　绘制图框和标题栏

1. 绘制纸边和图框

(1) 绘制纸边。

用矩形命令绘制纸边的操作步骤如下。

① 单击"图层"工具栏的 ▼ 按钮,将当前层设置为"细实线"层,如图 7-12 所示。

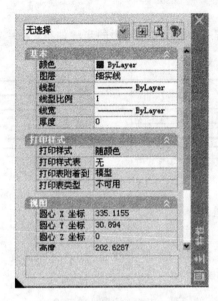

图 7-11 【特性】对话框

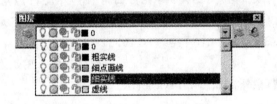

图 7-12 用"图层"工具栏设置当前图层为细实线

② 单击"绘图"工具栏的 ■ (矩形)按钮,激活命令后,命令行提示如下。

指定第一个角点或 [倒角(C)/标高(E)/圆角(F)/厚度(T)/宽度(W)]:0,0 ✓
　　　　　　　　　　　　　　　　　　　　//键盘输入图纸左下角的坐标

指定另一个角点或 [尺寸(D)]:420,297 ✓ 　　//键盘输入图纸右上角的坐标

(2) 绘制图框。

用矩形命令绘制图框的操作步骤如下。

① 采用绘制纸边的方法,将当前层设置为"粗实线"层。

② 单击鼠标右键,从弹出菜单中选择"重复矩形",则命令行提示如下。

指定第一个角点或 [倒角(C)/标高(E)/圆角(F)/厚度(T)/宽度(W)]:25,5 ✓

指定另一个角点或 [尺寸(D)]:390,287 ✓

单击屏幕底部状态栏上的"线宽"按钮,显示打开线宽。

2. 绘制标题栏

绘制详细尺寸如图 7-13 所示的标题栏的步骤如下。

图 7-13 标题栏的尺寸

（1）绘制标题栏外框。

操作步骤如下。

① 设置当前层为"粗实线"层，单击状态栏的"对象捕捉"按钮，这样在画图时可自动捕捉交点、圆心等特殊点。

② 单击"绘图"工具栏的 ▭（矩形）按钮，激活命令后，命令行提示如下。

指定第一个角点或 [倒角(C)/标高(E)/圆角(F)/厚度(T)/宽度(W)]：

　　　　　　　　　　　　　　　　　//捕捉图框右下角 D 点

指定另一个角点或 [尺寸(D)]：@ —140,32 ↙

　　　　　　　　　　　　　　//键盘输入图纸左上角 A 点的坐标

绘制完成的标题栏外框如图 7-14(a)所示。

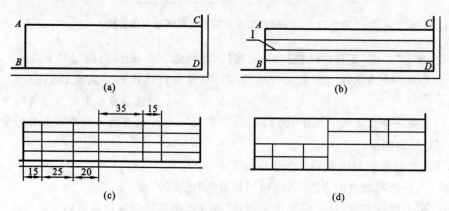

图 7-14 标题栏的画法

（2）绘制标题栏内的水平分格线。

操作步骤如下。

① 设置当前层为"细实线",单击状态栏的"正交"按钮,绘制分格线Ⅰ。

单击"绘图"工具栏的 ╱ 按钮,激活命令后,命令行提示如下。

命令:_line 指定第一点: //捕捉 AB 线的中点

指定下一点或 [放弃(U)]:   //捕捉 CD 线的中点

指定下一点或 [放弃(U)]:↙   //结束命令

② 单击"编辑"工具栏的 ▱(偏移)按钮,激活命令后,命令行提示如下。

指定偏移距离或 [通过(T)]〈15.0000〉:8 ↙   //通过键盘输入偏移距离 8

选择要偏移的对象或〈退出〉:   //拾取分格线Ⅰ

指定点以确定偏移所在一侧: //用鼠标在线Ⅰ上方单击

选择要偏移的对象或〈退出〉:   //拾取分格线Ⅰ

指定点以确定偏移所在一侧: //用鼠标在线Ⅰ下方单击

选择要偏移的对象或〈退出〉:↙   //结束命令

绘制完成的水平分格线如图 7-14(b)所示。

(3) 绘制标题栏内垂直分格线。

操作步骤如下。

① 用 ▨(分解)命令将标题栏外框的矩形炸开。

② 单击"编辑"工具栏的 ▱(偏移)按钮,按照图 7-13(c)所示尺寸用偏移方法绘制垂直分格线。

③ 用"特性匹配"命令修改垂直分格线。由于源对象 AB 直线为粗实线,故偏移后的垂直分格线也为粗实线;此时可用特性匹配的方式将其修改为细实线。

④ 用"修剪"命令完成标题栏内垂直分格线的绘制,如图 7-14(d)所示。

3. 填写标题栏

(1) 设置文字样式。

设置"中文"文字样式,中文字体采用长仿宋体。

(2) 设置文字大小。

可以采用 4 号字;用多行文字命令注写;对齐方式采用"正中(MC)",如图 7-15所示。

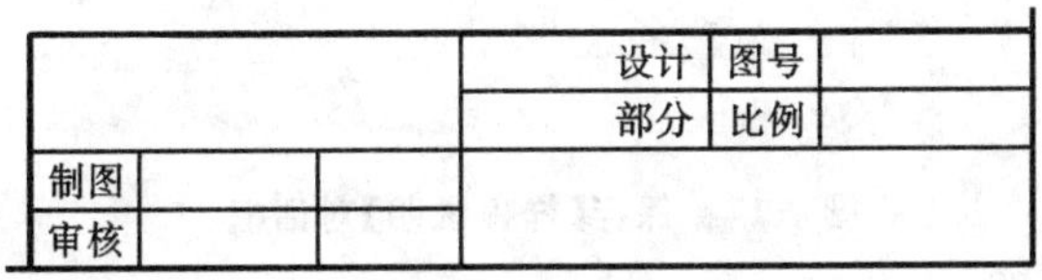

			设计	图号	
			部分	比例	
制图					
审核					

图 7-15 标题栏

7.1.7 以 A3.dwt 为文件名存盘

选择下拉菜单中的"文件"→"另存为"选项,弹出【图形另存为】对话框,如图7-16所示。在其中的"文件名"文本框中输入"A3",在"文件类型"中选择"AutoCAD 图形样板(□.dwt)",单击"保存"按钮,会弹出图 7-17 所示的【样板说明】对话框。在该对话框中选择测量单位为"公制",单击"确定"按钮保存样板文件。

图 7-16 样板图的保存

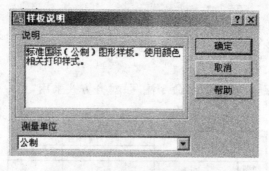

图 7-17 保存【样板说明】对话框

7.1.8　调用与保存样板图

1. 调用 A3 样板图

单击"标准"工具栏的▢(新建)按钮,系统会弹出图 7-18 所示的【选择样板】对话框。在该对话框的"名称"列表框中选择保存的样板图"A3.dwt",如果当前没有,则单击"浏览"按钮,选择存盘的路径,寻找 A3.dwt。双击 A3.dwt 图标,打开图 7-1 所示样板图。

图 7-18　【选择样板】对话框

2. 保存图形

单击"标准"工具栏的▣(保存)按钮,系统会弹出【另存为】对话框。在该对话框的"文件名"文本框中输入文件名"T3-1",单击"保存"按钮,关闭该对话框。在保存图形时应注意存盘的路径。

7.2　绘制 XN2010A 型龙门铣床电气控制电路图

XN2010A 型龙门铣床电气控制电路包括:①交流主电路;②交流控制电路 1;③交流控制电路 2;④直流控制电路 1;⑤直流控制电路 2。各电路分别如图 7-19 (a)、(b)、(c)、(d)所示。

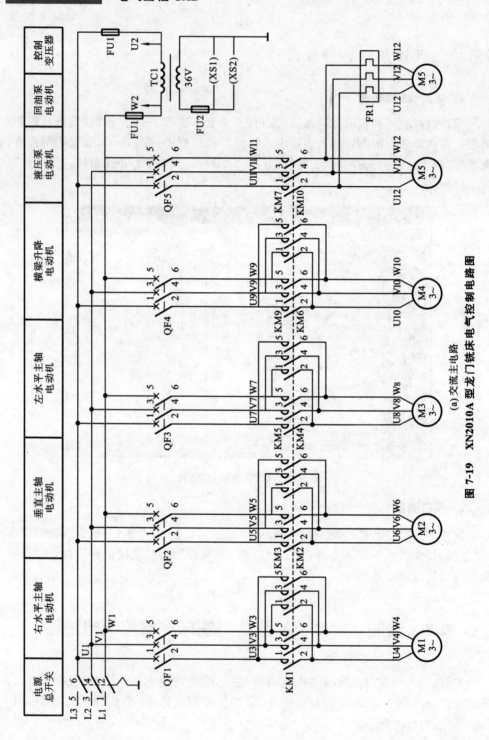

图 7-19　XN2010A 型龙门铣床电气控制电路图

(a) 交流主电路

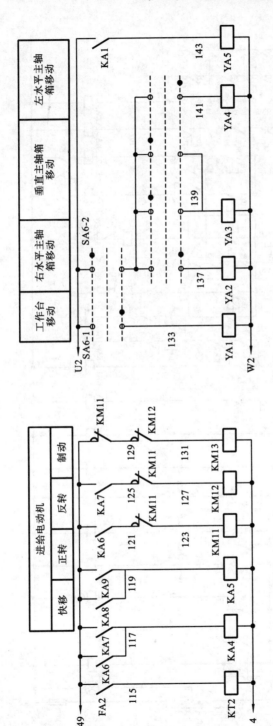

(b) 交流控制电路1

续图 7-19

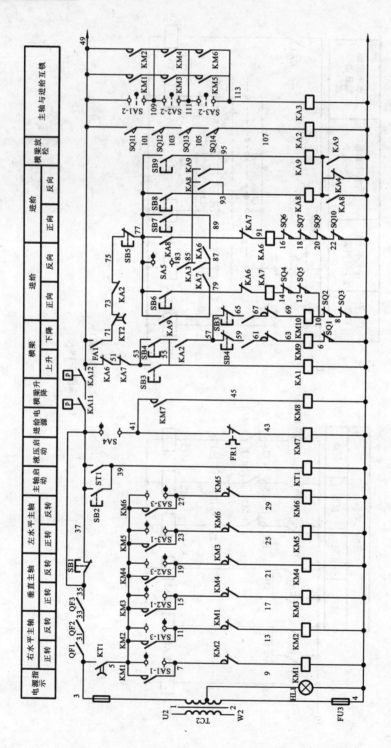

(c) 交流控制电路2

续图 7-19

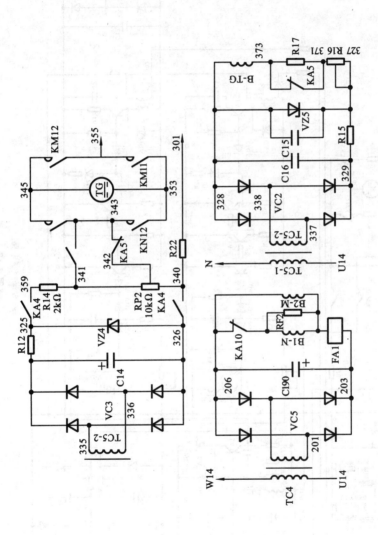

(d) 直流控制电路1

续图 7-19

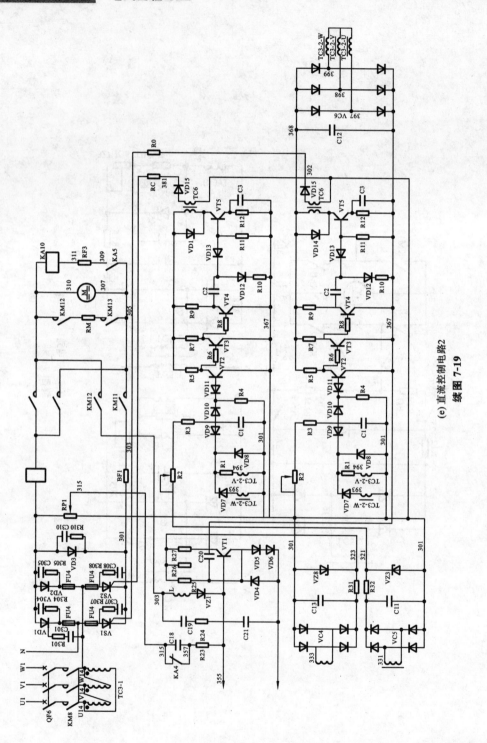

(e) 直流控制电路2

续图 7-19

　　XN2010A 型龙门铣床的主运动为两个水平主轴和一个垂直主轴箱铣刀的旋转运动,每个铣头各由一台 13KE 的三相异步电动机拖动,并采用机械有极变速。

　　电路的主要特点如下。

　　(1) 机床主运动由三台交流异步电动机拖动,即 M1 为右水平主轴电动机,由接触器 KM1/KM2 控制其正/反转;M2 为垂直主轴电动机,由接触器 KM3/KM4 控制其正/反转;M3 为左水平主轴电动机,由接触器 KM5/KM6 控制其正/反转,从而控制主轴箱上刀具的旋转方向,以满足加工需要。

　　(2) 进给运动由直流电动机 M 驱动。M 由单相半控桥式整流电路供电,通过改变晶闸管的导通角来改变电枢电压,实现无级调速。M 的正/反转则通过接触器 KM11/KM12 改变电枢电压极性来实现。

　　(3) 工作台和主轴箱的快速移动也是由进给直流电动机 M 驱动的。

　　(4) 衡量升降由交流异步电动机 M4 拖动,由接触器 KM9/KM10 控制其正/反转,实现横梁的上、下移动。

　　(5) 液压泵电动机 M5 和回油泵电动机 M6 并联连接,由接触器 KM7 控制,单向旋转。

　　可以使用"草图设置"对捕捉和栅格间距等绘图环境进行设置,如图 7-20 所示。

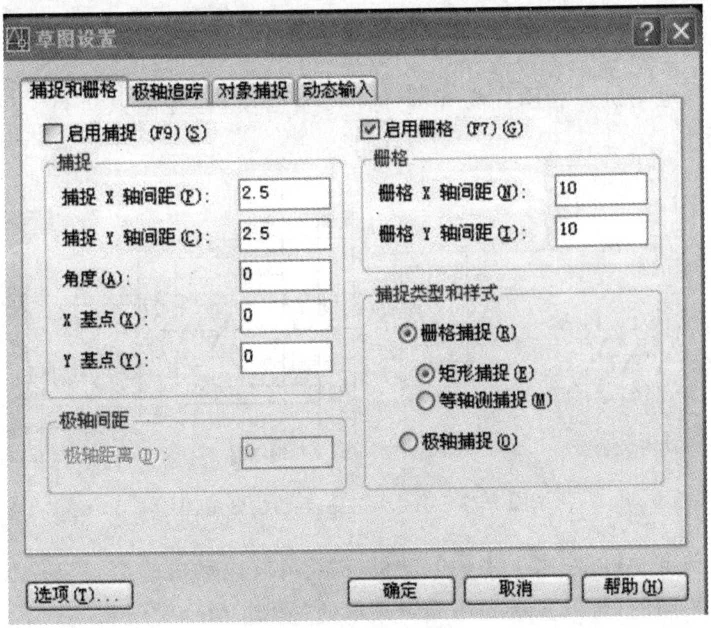

图 7-20　草图设置

7.2.1 绘制交流主电路图

XN2010A 型龙门铣床电气控制电路的交流控制主电路包括电源总开关、右水平主轴电动机、垂直主轴电动机、左水平主轴电动机、横梁升降电动机、液压泵电动机、回油泵电动机以及控制变压器 8 部分。

1. 绘制电源总开关

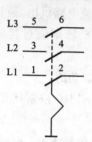

图 7-21 电源总开关

对于电源总开关的绘制,可以分为利用"直线"命令绘制开关符号(参考第 3 章),用"复制"命令进行两次复制,再用"直线"命令进行连接,使用特性管理器进行虚线的设置,最后插入文字,完成后的结果如图 7-21 所示。

2. 绘制右水平主轴电动机

右水平主轴电动机分解图如图 7-22 所示,包括三相断路器图、三相继电器图和电动机图。操作步骤如下。

(1) 绘制三相断路器。利用直线及线型绘制单相断路器,通过复制绘制出三相断路器,并对其进行文字标注,如图 7-22(a)所示。

(2) 绘制三相继电器。利用直线、圆弧及线型绘制单相继电器,圆弧半径设置为 2.5 mm,并对其进行文字标注,如图 7-22(b)所示。

(3) 绘制电动机。利用直线和圆命令绘制电动机,并对其进行文字标注,如图 7-22(c)所示。

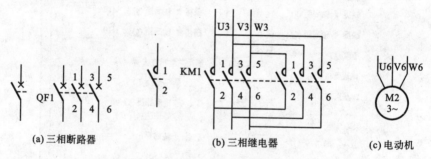

(a) 三相断路器   (b) 三相继电器   (c) 电动机

图 7-22 右水平主轴电动机分解图

垂直主轴电动机、左水平主轴电动机、横梁升降电动机的绘制与右水平主轴电动机的绘制是相同的,可以直接利用编辑菜单的"复制"命令实现。

3. 绘制控制变压器

(1) 利用"直线"命令与"矩形"命令完成熔断器 FU 的绘制,利用"直线"命令与

"圆弧"命令完成电压互感器 TC 的绘制。其中 TC1 符号中的半圆所在圆的直径为 10 mm,熔断器符号中矩形的长为 25 mm,宽为 10 mm,如图 7-23 所示。

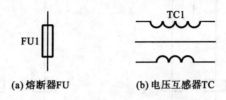

(a)熔断器FU　　　　(b)电压互感器TC

图 7-23　熔断器和电压互感器

（2）使用"绘图"工具栏中的"多段线"命令绘制箭头,在合适位置插入熔断器和电压互感器,用"直线"命令进行正确的连接,完成控制变压器的绘制,如图 7-24 所示。

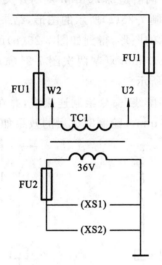

图 7-24　控制变压器

把各图形符号放在合适的位置,用"直线"命令按照图 7-19 进行正确的连接。

7.2.2　绘制交流控制电路 1

绘制交流控制电路的操作步骤如下。

（1）绘制开关(FA2)符号(参考第 3 章):捕捉开关符号的下端点,垂直向下绘制长为 80 mm 的直线,最后绘制一长为 20 mm、宽为 10 mm 的矩形,利用捕捉中点的功能,把该矩形放到合适位置,并捕捉该矩形下边线的中点,垂直向下绘制长为 10 mm 的线段,如图 7-25(a)所示。

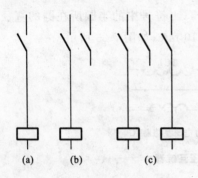

图 7-25　交流控制电路 1 的绘制 1

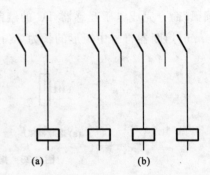

图 7-26　交流控制电路 1 的绘制 2

（2）用"复制"命令，水平向右追踪 20 mm 复制开关符号，如图 7-25（b）所示。继续用"复制"命令向右追踪复制 7-25（a）所示的图形，结果如图 7-25（c）所示。

（3）复制图 7-26（a）所示的图形，得到如图 7-26（b）所示图形。

（4）继续水平向右追踪 30 mm 复制两次图 7-25（a）所示的图形，并在合适的位置插入 KM 符号，如图 7-27 所示。

（5）用"直线"命令和"多段线"命令绘制连接线，并在连接点的位置绘制圆环，设置圆环内径为 0，外径为 2.5 mm。绘制完成后的效果如图 7-28 所示。

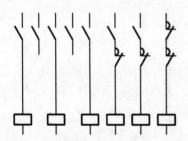

图 7-27　交流控制电路 1 的绘制 3

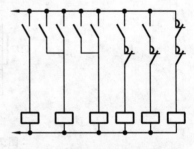

图 7-28　交流控制电路 1 的绘制 4

（6）利用"圆"命令和"圆环"命令绘制 SA 符号，圆的直径为 5 mm，圆环的内径为 0，圆环的外径为 5 mm，两圆的间距为 40 mm，绘制完成后的效果如图 7-29（a）所示。在线性管理器中加载虚线 ACAD.ISO03W100，选择虚线作为当前基线，用"直线"命令绘制直线，利用特性管理器修改虚线比例为 1∶10，如图 7-29（c）所示，绘制完成后的效果如图 7-29（b）所示。

（7）用"复制"命令复制圆、实心圆环和虚线，得到图 7-29（d）所示图形。

（8）利用捕捉和追踪功能，在合适的位置插入各电气符号，如图 7-30 所示。

（9）用"直线"命令和"多段线"命令绘制连接线，并在连接点的位置绘制圆环，设置圆环内径为 0，外径为 2.5 mm。绘制完成后的效果如图 7-31 所示。

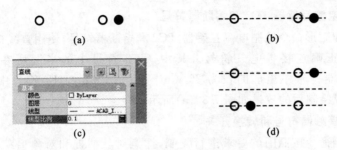

图 7-29　交流控制电路 1 的绘制 5

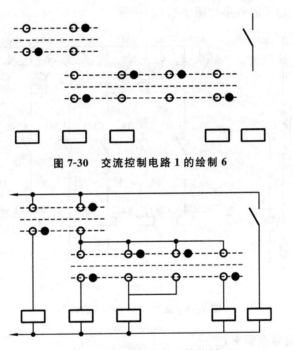

图 7-30　交流控制电路 1 的绘制 6

图 7-31　交流控制电路 1 的绘制 7

　　(10) 写入并设置文字。设置文字的高度设为 5 mm，字体为宋体。操作完成后的效果如图 7-19(b)所示。

7.2.3　绘制交流控制电路 2

　　该电路主要由继电器 KA、接触器 KM、按钮开关 SB、行程开关 SQ、转换开关 SA、电流互感器 TC 和熔断器 FU 构成。其中，电流互感器 TC，各种开关按钮的画法可参照第 3 章。

1. 绘制电流互感器 TC2 和熔断器符号

利用圆和矩形命令绘制电流互感器 TC2 和熔断器符号,使用直线命令和圆命令绘制 HL,再正确连接各电气符号。其中,TC2 符号中的半圆所在圆的直径为 10 mm,熔断器符号中矩形的长为 25 mm,宽为 10 mm。HL 符号中圆的直径为 20 mm。完成绘制后的效果如图 7-32(a)所示。

2. 绘制接触器符号和转换开关

利用复制命令按照图的要求进行复制,注意对象捕捉和对象追踪功能的运用。其中转换开关符号中圆的直径为 5 mm,接触器符号中矩形的长为 20 mm,宽为 10 mm。完成绘制后的效果如图 7-32(b)所示。

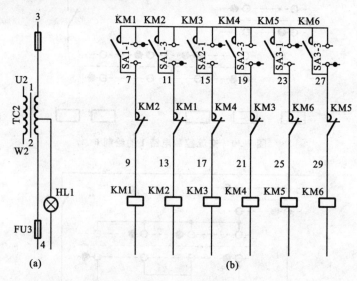

(a)　　　　　　　　　　　　　　(b)

图 7-32　交流控制电路 2 的绘制

3. 绘制时间继电器 KT

绘制时间继电器 KT 的步骤如下。

(1)绘制如图 7-33(a)所示的开关符号(参考第 3 章)。

(2)捕捉斜线的中点绘制水平向左的直线,长为 20 mm。利用"偏移"命令绘制相同的 5 条直线,偏移距离为 2 mm。绘制完成后的效果如图 7-33(b)所示。

(3)捕捉第三条水平直线的中点作为圆心绘制半径大小为 4 mm 的圆,如图7-33(c)所示。

(4)利用"修剪"命令进行修剪,如图 7-33(d)所示。

(5)删除第一、第三和第五条直线,用"修剪"命令进行合适修剪,绘制完成后的效果如图 7-33(e)所示。

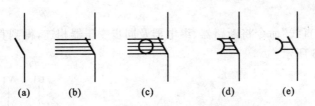

图 7-33　时间继电器 KT 的绘制步骤图

4. 绘制符号 KA11

绘制 KA11 的步骤如下。

（1）插入开关符号，如图 7-34(a)所示。

（2）用"旋转"命令把开关符号顺时针旋转 90°，效果如图 7-34(b)所示。

（3）捕捉斜线中点垂直向上绘制一条长为 5 mm 的直线，用"矩形"命令绘制一个长为 10 mm 的正方形。利用对象捕捉功能以正方形下边线中点为基点，移动到合适位置，绘制完成后的效果如图 7-34(c)所示。

（4）以正方形为边界写入文字"p"，文字对正方式为"正中"，绘制完成后的效果如图 7-34(d)所示。

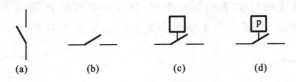

图 7-34　符号 KA11 的绘制步骤图

按图 7-19(c)所示插入各电气符号，用"直线"命令绘制连接线，并用"圆环"命令绘制连接点。

最后写入文字，完成绘制后的图形如图 7-19(c)所示。

7.2.4　绘制直流控制电路图

直流控制电路主要由二极管 VD、三极管 VT、电容 C、电感 L、电磁铁 FA、电流互感器 TC 构成，其中，二极管、三极管、电容、电感的具体画法已在第 3 章中给予了介绍，电磁铁的介绍请参见 7.2.2 节，电流互感器的介绍请参见 7.2.3 节。

1. 绘制直流控制电路中电源部分

（1）利用"直线"、"线型"、"圆弧"及"复制"命令绘制三相断路器 QF6、三相继电器 KM8，如图 7-22(a)、(b)所示。

（2）利用"直线"、"圆弧"、"图案填充"命令绘制角形连接同步变压器 TC3-1，如

图 7-35 所示。

（3）利用"直线"命令将断路器、继电器及同步变压器相连，得到直流控制电路的电源，如图 7-36 所示。

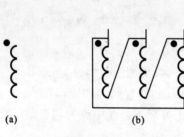

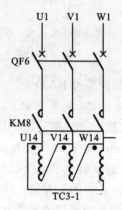

图 7-35 TC3-1 的绘制

图 7-36 直流控制电路电源的绘制

2. 绘制发电机 TG

利用直线、圆及单行文字绘制发电机 TG，其中圆的直径为 20 mm，写入文字"TG"，文字对正方式为"正中"，文字大小为 5 mm，如图 7-37 所示。

图 7-37 发电机 TG 的绘制

图 7-38 电动机 M 的绘制

3. 绘制电动机 M

电动机 M 的绘制如上所述，如图 7-38 所示。

按图 7-19(d)、(e)所示插入各电气符号，用"直线"命令绘制连接线，并用"圆环"命令绘制连接点。

最后写入文字，完成绘制 XN2010A 型龙门铣床电气控制电路的直流控制电路 1 和直流控制电路 2 的电路图，如图 7-19(d)、(e)所示。

综 合 练 习

7-1 请绘制图 7-39 所示图形。

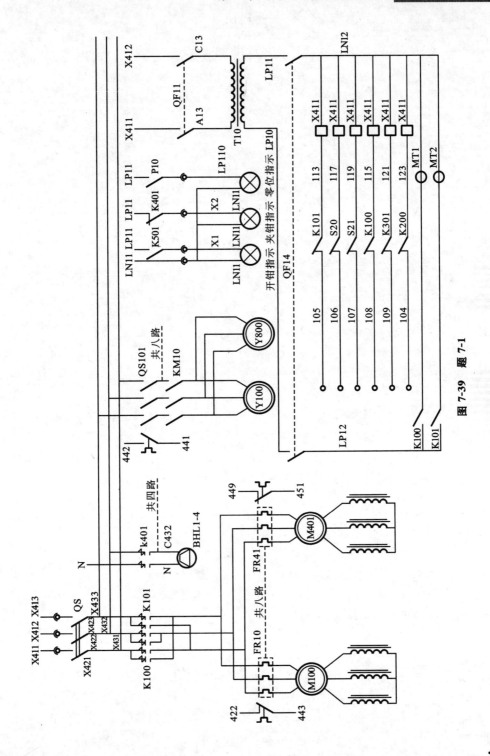

图 7-39 题 7-1